Universale Economica Feltrinelli

CW01465203

ISABELLA SANTACROCE
DESTROY

Feltrinelli

© Giangiacomo Feltrinelli Editore Milano
Prima edizione ne "I Canguri" settembre 1996
Prima edizione nell'"Universale Economica" gennaio 1998
Ottava edizione giugno 2006

ISBN 88-07-81467-6

I versi riprodotti a p. 21 sono di Giovanni Lindo Ferretti, dalla prima strofa del brano *Cupe vampe*, tratto dal cd *Linea Gotica* del Consorzio Suonatori Indipendenti (Black Out/Polygram 1996).

Non so che cosa è giusto
o sbagliato.

Ian Curtis

The world is a vampire.

Billy Corgan

Io sono il primo immoralista:
con ciò sono il distruttore *par excellence*.

Friedrich Nietzsche

DESTROY N. 1

TRACK 1 : Adori il tuo seno. Rotondità che sfiori orgogliosa, chiusa a chiave nel suo cesso personale.

TRACK 2 : Neltuocessopersonale.

TRACK 3 : Ti diverte il mio imbarazzo e indugi ancora nel tuo gioco autocelebrativo, e allora le sollevi e ondeggi come una stronza puttana.

TRACK 4 : Ti odio.

TRACK 5 : È arrivato il momento della scopata n. 23. Tutti i giorni a quest'ora lei arriva. La storica n. 23.

TRACK 6 : Gli specchi si illuminano come schermi Sony. Alcol e merda solo per me. A occhi chiusi.

TRACK 7 : Ripeto: a occhi chiusi.

TRACK 8 : "Lascia il tuo culetto sopra quel Kartel nero lucido e ascolta il paradiso". La n. 23 inizia con questa frase vomitata a toni bassi, e tu diventi la regina dei cazzi rari.

TRACK 9 : Cose da cesso Porno For Pyros. Culi made in Taiwan contro ceramica bianca: funziona così. Non so se mi spiego.

TRACK 10 : Altri massaggi al tuo seno e talco e rossetto che metti con fare sporco mentre parli e sbavi di lussuria ricordando la mitica scopata a tre e vai veloce, eccitata con i glutei tirati; turgida e affamata fino alla fine, grandioso finale urlato.

TRACK 11 : Ascolti i Massive Attack nel tuo cesso personale. Se ascolti *Sly* a occhi chiusi non riesci a non toccarti, cosa non faresti con *Sly* nel buio, sussurri a denti stretti.

TRACK 12 : Lasci cadere le 100 dentro la mia maglia e apri la porta, sono la tua amica preferita.

TRACK 13 : Cose da cesso Porno For Pyros. Culi made in Taiwan contro ceramica bianca: funziona così. Non so se mi spiego.

TRACK 14 : La tua immagine difficilmente si annulla dopo qualche minuto. A volte mi insegue per ore con allucinazioni di mani e seni grandiosi senza reggiseno. Sei stata Miss Maglietta Bagnata, non devo dimenticarlo.

TRACK 15 : Ti odio.

TRACK 16 : Entri nei miei sogni, nuda. Hai con te la mitica n. 23 e sculetti qualche secondo prima del grande momento e allora la magia mi salva e la tua testa esplode.

TRACK 17 : Ripeto: la tua testa esplode.

DESTROY N. 2

Quattro ore immobile a fissare un Grundig acceso. La nuova casa è vuota, solo una tv al centro di una stanza con tre finestre senza tende. Ho sempre dormito per terra. L'incubo di cadere è più forte della classica comodità europea che vorrebbe il mio corpo disteso sopra una superficie morbida mai quadrata. Un micro della Sony e cd allineati a formare un parallelepipedo perfettamente solido. Adoro i parallelepipedi ben solidi a compensare la mia evanescenza. Da 3 mesi e 12 ore vivo a Londra.

Lei, la donna del cesso personale, è scivolata nel mio destino senza preavviso. Basta guardare con interesse il suo seno per almeno due ore e le 100 sono assicurate. Esplicita come un ginecologo alienato, ha formulato la proposta mentre in pieno Hyper Hyper allacciavo delle Buffalo da boxeur nano. Il giorno dopo il Kartel mi aspettava e lei non-timida lasciava cadere a terra stoffe e foulard per ritrovarsi nuda davanti alla sconosciuta italiana. Un incontro senza inizio, nessuna convenzionale presentazione. Mi ha scelta come un paio di Nike più interessanti di altre.

Continuo a fissare il Grundig concentrandomi sulle mie palpebre che non voglio battano più di una volta al minuto, e più le pupille si fondono con il blu del documentario ittico più l'insperato record si avvicina. Voglio un gatto o qualsiasi altra storia cammini con quattro zampe, un porcellino d'India a pelo raso, un'iguana infante, un topo bianco con la coda invertebrata o una lumaca con quattro zampe di Didò commestibile. Hanno ucciso cinque donne in una settimana.

"Il serial killer passeggia indisturbato," annuncia il giornalista catodico, bidimensionale come una tela di Schifano. Il corpo dell'ultima vittima arriva via cavo bello nitido, il braccio destro leggermente piegato, i capelli composti, attorno verde campagna periferica, lei è nuda, totalmente priva di abiti e vita. Il folle depila il loro pube con precisione svizzera. Adoro i serial killer che svengono alla vista del sangue.

"La prossima vittima potreste essere voi!"

DESTROY N. 3

Stai pensando a quanto nonsenso brucia in te. Scorretto e illegale rapire la moglie di un altro. Cosa di più appetibile del proibito. Mary conosce bene il carismatico possedere in segreto. Il far piano e di nascosto. In penombra. A doppia

mandata. Così mi vuole. All'oscuro di tutto, il consorte geloso. Si cerca di disintegrare la normale routine che trasforma l'intenso in scolorita tonalità autunnale. Niente di meglio di un'amante a pagamento. È così che si tira il tempo. Che si cerca. Ci si prova. Comprami e dilaterò le mie pupille migliori per farti star bene. Per farti urlare come da tempo speravi. Non sono giochi o semplici costruzioni mentali. È pericolosa noia affamata. È esserci e sentire le ore battere secondi interminabili. Non c'è fine. Certo ci sei. Ti stanno toccando. Ti stanno sbattendo. Stanno rubando quello che non vuoi. Guarda ancora e lascia che io faccia altrettanto. Non è questo che cerchi? Tocca il mio culo e divertiti.
Toccailmioculoedivertiti.

DESTROY N. 4

La metro che mi porta a Gloucester Road puzza di vomito scaduto e urina etilica. Il walkman Sony Dolby BNR WM-EX 304 + mega bass mi regala Ian Curtis. Pochi gradi attorno, attillo la mia Carhartt arancio Anas + catarifrangente trasversale. Qualcuno sputa vicino alle mie adorabili impermeabili Buffalo. Baby in divisa collegiale leccano piedi verdi di zucchero salivoso. Eccentrici lecca lecca per mocciosi perversi. L'operaio in lana sintetica dorme a bocca aperta, le sue narici lasciano colare muco coagulato subito assorbito da baffi negri. La nigger a lato permette che le sue cosce senza calze mantengano aperture convenientemente battone. Non mi piacciono le sue mutande spesse e fiorate, schiacciate da laterali sottoinguinali così adiposi da diventare peccaminosi. Un ragazzo carino mi chiede l'ultima Gauloise Blonde e cerca di informarmi alla meglio su certi concerti del cazzo che meno non potrebbero interessarmi. Tutto il mio essere in questo momento è sigillato nel gioco del monobattito palpebrale. Usare ombretto cangiante potrebbe facilitare l'impresa. La metro si blocca morbida, la prima a salire monta un toupet fantastico seguita a ruota da Madame Pied-de-Poule e generi alimentari simili. Non voglio che il tipo della Gauloise mi aliti in bocca. La nigger lavora come una vecchia troia affamata, eccitando passeggeri annoiati.

"Ho ucciso il pesce rosso," comunica il collegiale Lecca-Piede-Verde. "L'ho trafitto diverse volte con gli stuzzicadenti e alla fine l'ho tagliato a metà con le forbici che usa mia madre per il pollo," continua il baby orgoglioso incidendo con la lama del cutter la plastica rigida dello zaino. L'amico rimane a testa bassa, poi i due si guardano e scoppiano a ridere. Raccontini di presunta verginità tra Toupet Fantastico e Madame Pied-de-Poule parcheggiata alla mia sinistra arrivano sottili e pettegoli con volontaria intenzione di attirare il mio sguardo ormai stanco del monobattito palpebrale e dei sadico-racconti puberali dei collegiali affetta-carassi. Pied-de-Poule è terrorizzata, quasi non ragiona e si chiede schifata come si possa vendere il proprio corpo con tanta facilità, inammissibile, bestiale, poi aggiunge un povere puttane battone da due soldi come diavolo fanno a darla a tutti, nani, strabici, mal lavati, cariati, delinquenti, conclamati, bisessuali, maniaci, potenziali assassini. Toupet Fantastico ridacchia e si appoggia alla compagna sussurrandole stronzate all'orecchio. L'amica butta indietro la testa rossiccia allargando notevolmente la bocca tanto da mostrare numerose carie ribelli e tonsille decimate. La nigger rimane ferma nella sua apertura panoramica continuando a eccitare passeggeri annoiati. Dovrebbe dimagrire almeno 10 chili. Penso. Una cura al sambuco risolverebbe in 10 giorni il suo problema. Memorizzo il walkman sulla n. 8 dei Massive. *Sly* arriva sensuale. La tipa del cesso non può non toccarsi, così dice. 5 minuti e 30 secondi di *Sly* e poi altri 5 minuti e 30 secondi e ancora di seguito per un totale di 27 minuti e 30 secondi.

DESTROY N. 5

Scendo a Covent Garden. Qualche passo dilatato prima di estrarre dalla Freshjive da viaggio l'ultimo Manga-Hero italiano ancora non letto. La numero 8 dei Massive Attack continua nel suo repeat e va annullandosi in un silenzio apatico, tanto il mio cervello ne è saturo. Poca pioggia autunnale. Seguo le mie gambe riflesse nelle vetrine. Quanta morbosità c'è in me.

"Smetti di leggere questo fottutissimo libro e guarda le mie labbra. Guardale bene e prova a baciare certe cosce profumate, prova a leccare le mie ginocchia e poi lanciati nel vuoto."

P. J. Harvey ha ginocchia fantastiche in *C'mon Billy*. La sua anoressica presenza riempie lo spazio e lo sconvolge di maquillage sfatto che le scivola sugli zigomi per poi gocciare sulla sottoveste. Penso alla masturbazione come fenomeno di gruppo. Hard movie in dolby stereo e file regolari di single allineati, ansimanti, con le mani tra le gambe. Vorrei che tutti mi amassero. Maree di maschi e femmine e cani innamorati di me.

Il telefono non squillava da giorni e quel pomeriggio era più grigio di altri. Sola nel silenzio fissavo vecchie foto. Da giorni non mangiavo, passavo ore-incubo in un angolo speciale vicino alla finestra più grande. Qualcuno, qualche tempo prima, aveva premuto il grilletto mentre i Faith No More guardavano impotenti l'esecuzione. Pochi secondi e poi il proiettile attraversava dolce la sua testa in un suicide perfettamente alla moda. Erano giorni che il pavimento massaggiava le mie natiche-femmina, e fuori gocce invernali scendevano come lacrime demoniache. Lo spazio sembrava chiudersi attorno e le fatiscenze registrate nella mia memoria scalpitavano pronte a esplodere come nel miglior incubo della storia. Iniziai a cercare superalcolici senza spegnere la tv. Prima nei posti più ovvi, poi in quelli più assurdi. Le pareti si avvicinavano e dovevo muovermi veloce, cercare abile l'alcol nascosto. Ricerca fobica. Mille volte ricerca fobica e finalmente vodka congelata e acqua bollente, sete desertica, cerca di bere con calma, rispetta le pause e il tuo stomaco vuoto ormai in fiamme. Il risveglio pieno di raggi di sole come nelle migliori resurrezioni cattoliche! Ricordi lontani, penso attillando la Carhartt arancio Anas + catarifrangente trasversale, ora sono a Londra e sento la solitudine come una liberazione da gabbie precostruite. Tutti in un secondo fottutissimo di un giorno fottutissimo pensano alla morte e vorrebbero possederla come si possiede una ventenne vergine. Mi fermo il tempo necessario per colorare di smalto cangiante le mie mani. Mangio una banana importata simulando movenze labiali da fellatio notturna, approfittando del jap da show-room molto Issey Miyake piazzato nella panchina davanti. Esagero. Non ragiono completamente ma è questo quello che voglio, e il jap osserva incredulo i miei occhi chiusi e le mie labbra morbide e si avvicina anemico puzzando di sushi in scatola, incuriosito, sempre più vicino a alitarmi addosso mentre mi alzo in pieno battage chiedendo la sua Nikon in regalo, che voi jap di merda non potete non regalare la vostra Nikon migliore a una call-girl del genere, labbra morbide e denti bianchi. Oddio come adoro le mie gambe!

DESTROY N. 6

La donna è ferma davanti alla vetrina di Purificación García coperta dal sanguinoso breitschwans bagnato. Lei è bagnata. Vorrei conoscere il suo nome. Vorrei sapere se ha figli, mariti o gatti d'angora da allevare e poi vendere a concerie abusive. Impercettibilmente scivolo al suo fianco trascurando distanze convenienti. Odora di panna montata, ma il suo sguardo è ostile e non ne vuole sapere del mio braccio destro contro il suo. La mia vicinanza la spaventa, o forse è solo irritata o vogliosa di note romantiche e di maschi senza mutande.

"Mi piace il vestito n. 10," azzardo mordicchiando un marshmallow americano.

Mi guarda sconcertata, tira il primo laccetto dell'astrakan. "Preferisco l'abito n. 4, quello sulla destra del n. 8. Decisamente più elegante. Decisamente mio. Mi vedresti con un abito del genere?"

Gioco con la cerniera della felpa Carhartt e provo a sorridere impacciata. Non è così semplice simulare imbarazzi velocemente senza il giusto preavviso, ma l'abilità è in me e mille tamburi mielosi mi vogliono così amabile da andarci di testa. Completamente di testa, intendo.

"Saresti stupenda. Lungo spacco, aderenze mozzafiato, sì, saresti stupenda con il n. 4."

Slaccia il secondo e il terzo e il quarto laccetto del breitschwans russo come a volere il mio sguardo sul suo seno abbondante. Sorride e mi chiama *cara* sei italiana il tuo accento mi ricorda mio cugino Alberto di Milano bookmaker lanciatissimo otto fidanzate alla volta letto a 3 piazze grande amante latino colleziona modelle norvegesi vuoi bere un irish coffee proprio qui dietro l'angolo c'è un posticino speciale te lo assicuro una delizia dovremmo veramente fermarci un attimo e parlare che ne dici?

Alle 14.30 il posticino è nostro e l'alcol scivola bene, e lei allunga le mani così naturalmente da far sembrare tutto così giusto e maledettamente vero. I suoi divorzi, i suoi pargoli collegiali, i 38 ben portati... come adoro l'esperienza e le storie lontane che posso fare mie mentre si confida tenera e paga ogni mia cosa e continua a tenermi stretti i polsi e allora penso che potrebbe vendere il culo per me, vendersi tutta, completamente, e potrebbe strisciare a terra per chilometri al guinzaglio e leccare l'urina del mio gatto e quella di un portiere di notte sconosciuto. Estrae dalla borsetta della cipria compatta e, sempre parlando, tampona voluttuosamente polvere trasparente sul naso e sul mento e sulle guance, e poi mi fissa e mi fissa, come mi fissa l'amabile signora mentre cerca di convincermi che la passione la divora e che l'amore saffico è tutta la sua vita.

"Che occhi che hai, cara, come vorrei avere i tuoi occhi, così puliti, puri."

Ripone con grazia chirurgica la cipria nella borsetta e ritocca gli angoli delle labbra col tovagliolino con cui poco prima si era soffiata il naso.

"Ti vorrei a casa mia domani sera. Alle 23."

Lascio che una pausa sufficientemente pesante sospenda la conversazione e prima di alzarmi infilo in tasca il suo bigliettino da visita.

FUCK OFF DESTROY

Ascoltami. Sono sola e in lacrime dentro una chiesa vuota. L'incenso acre soffia sui ceri accesi. Torta di compleanno piena di terrore. Qualcuno intoni un Happy Birthday denso di riverberi.

FUCK OFF DESTROY

Guardami. Le mie tasche hanno rubato santini sacri. Non ho paura. Sto solamente tremando. Tremando e piangendo con la testa china sulle fiamme.

FUCK OFF DESTROY

Toccami. Ti piace l'odore del mio collo. Sono così fragile e indifesa, inginocchiata davanti alla tua ombra. Stringimi i fianchi e annullati.

FUCK OFF DESTROY

Mangiami. Acqua santa che sa di mani sporche. La donna che spolvera l'altare ha smalto trasparente e denti di ferro. Apri la bocca e aspetta che abbia chiuso a chiave prima di deglutire.

FUCK OFF DESTROY

Ascoltami. Guardami. Toccami. Mangiami. In silenzio tra le urla.

MADE IN TAIWAN DESTROY

Le mani che sistemano meticolose il mio caschetto acquisito, un posticcio rossiccio dalla lunga e spessa frangia sottosopracciligliare, sono leggermente sfigurate da sottili cicatrici biancastre. Il ragazzo è dietro di me e guarda la mia faccia acqua e sapone specchiata nell'ovale sporco. Si complimenta per il risultato ottenuto. Giusta tonalità per una carnagione simile, basterà accendere lo sguardo con del mascara usato in abbondanza e curare quel che basta gli zigomi con dell'azzurro made in Taiwan. Bevo del Quinoa Real a piccoli sorsi servendomi direttamente dalla bottiglia. L'amico accende diverse luci sopra la mia testa e le regola in modo che la chioma sintetica brilli come un cubetto di ghiaccio fotografato. Subito dopo mi mostra istantanee giornaliere con lady estrose incappucciate dentro parrucche fantastiche, si compiace notevolmente estraendone una più incredibile delle altre, dove una dama collier costoso grande riccona del momento prime pagine di settimanali scandalistici sorride posando virtuosa con una sua creazione tricolore, riga a zigzag, punte indigene e bizzarra scalatura laterale. La sua ragazza, Susan, ne montava una simile, sussurra commosso forse lasciando scivolare qualche lacrima salata.

"Bel nome Susan," azzardo curiosa.

"Sì, bel nome Susan," risponde sempre più commosso a mezza voce. Abbassa la testa e le gocce si svelano evidenti, talmente evidenti da imbarazzarlo del tutto, e allora prova a ricomporsi lavorando freneticamente al caschetto e tremando anfetaminico tanto da far vibrare il mio cervello.

"Bel nome Susan," riattacco pronta ad ascoltare tutto il seguito. Ancora piccoli sorsi calibrati di Quinoa Real. Tentenna un minimo, quanto basta per capire che è fatta, a secondi esploderà in una deflagrazione rovinosa sciorinando devoto la storia ingabbiata. "Mio padre l'ha violentata," pausa, "Ha violentato Susan, intendo," doppia pausa, "Ha violentato la mia ragazza, eravamo fidanzati da un anno," tripla pausa, "Quella sera mi aspettava a casa, seduta a gambe accavallate sulla poltrona migliore del salotto serale di famiglia. Mio padre circumnavigava nervoso la stanza fumando numerose sigarette e lasciando cadere a terra la cenere. Così dichiarò poi mia madre," monopausa, "Alla tv Benny Hill saltellava in tutù rigato e il camino era acceso come tutti i venerdì sera dopo le 21," pausa semplice, "Io tardavo per storie che non ti sto a raccontare," tossisce nervoso, si tocca qualche secondo, respira profondamente e continua... "Mia madre alle 22 salì in camera portando con sé la gatta Pussy. Mio padre alzò il volume..." lunga pausa più mezzo giro a destra. "Oddio quel porco di mio padre! Quando sono arrivato grondava di sudore e il suo mento gocciava come un rubinetto rotto." Silenzio da trentesimo piano. Ci ritroviamo allo specchio, i suoi occhi gonfi di pianto, la mia bocca piena di Quinoa Real, nell'aria i Sonic Youth.

DESTROY N. 7

La tipa del cesso mi aspetta ansiosa deglutendo seitan allo zenzero. Ha addosso una vestaglia di nylon dalle grosse cuciture rosso booster. Sotto, un tanga nero e un laccetto di pelle legato in vita. Mangia nervosa chiedendomi spiegazioni sull'orario non rispettato.

"Sai, carina, ti pago bene e potrei anche incazzarmi."

Mi siedo sulla poltrona davanti, un ferro di Ron Arad da 6000 sterline e mi slaccio le scarpe. Continua a masticare rumorosamente. Osservo i suoi capelli umidi, il mascara colato a creare ombre scure, le tracce di cracker agli angoli della bocca. Squilla il telefono. Lei non risponde. Dopo 6 squilli la segreteria si aziona e la voce di suo marito scivola tra noi.

"Amore, amore, non sei in casa? Sono io, amore, rispondi, lo so che ci sei farfallina mia! Cazzo Mary rispondi porca troia non fare storie! Mary se non rispondi giuro che quando torno a casa ti ammazzo di botte... brutta stronza... cazzo ma che vuoi? Cosa vuoi dimostrare? Schifosa puttana, me la pagherai! Giuro che ti riempio di calci e ti ficco la testa nel water e ti sfiguro quella faccia di mcrda e ti sbatto giù dalla finestra troia di una troia... cazzo, rispondi... cazzooooooooooo!"

Mary si sfila i tappi dalle orecchie e mi chiede se era sufficientemente arrabbiato. Lei adora farlo inferocire perché al ritorno lui sarà così animale da farla godere come piace a lei. Sorridendo si apre la vestaglia mostrandomi segni bluastri nell'interno coscia e sulle spalle. Memorizza la solita dei Massive dondolando estasiata. Esegue qualche piccolo esercizio ginnico stesa sul tappeto di peluche rosa. Trova per terra un rasoio cromato e inizia a depilarsi l'inguine sinistro per poi passare al destro. Gli racconto del serial killer e del pube delle sue vittime, lei esclama "geniale!" e si controlla le ascelle ridendo forte. Squilla nuovamente il telefono. Si reinserisce i tappi prima che la voce del marito arrivi. La voce arriva, prima controllata, poi libera in un assolo pavarottiano.

"Mary, rispondi! Marymarymarymaryyyy! Vaffanculo sgualdrina battona puttana che non sei altro! Con chi cazzo stai scopando vacca! Eh? Con chi! Aspetta che abbia le mie mani su quel tuo fottutissimo collo e vedrai! Voglio vederti crepare lentamente, voglio vederti vomitare sangue, puttana! Maryyyyyyyyyyy!"

Estrae i tappi con grazia e chiede a che punto di ferocia sia arrivato il man. Convenientemente alto. Rispondo slacciandomi lentamente la camicia.

"Ripeti venti volte che ami da morire il mio seno e che il mio seno è fantastico e che non puoi vivere senza di lui."

Inizio a robotizzare divinamente la richiesta mentre lei entra nella doccia e si striscia contro il vetro, chiedendomi se riesco ad avere una visione bella nitida della performance. Inizio a esercitarmi seriamente sul monobattito palpebrale. Fisso una tartaruga di ceramica seminascosta dietro un compact della Lancôme. Forse dovrei comprarmi una tartaruga e chiamarla Pink Lola. I cinesi divorano zuppe di tartaruga e zuppe di pinne di pescecane e zuppe di medusa e zuppe di cani laccati. Squilla per la terza volta il telefono. Mary mi chiede di alzare al massimo il volume di *Sly* e di chiudere a chiave la porta.

C.S.I. DESTROY

Camminavo sola sulla sabbia sporca di mare. Allegra primavera italiana nel calendario. Memoria già invecchiata. Non è vero? Spiaggia e spiaggia. Passo dopo passo, sfiorando onde bagnate a delimitare il confine tra polvere e acqua. Decisioni da tirare come freccette. Partire, forse. Decodifica i tuoi desideri, Misty. Il primo aereo. Cosa da niente. Londra, Berlino, capitali esotiche. Qualsiasi scelta pur di sollevarti da questa riva già studiata. A memoria. Ogni microparticella. Ogni suono. Prepotente bisogno di emozioni nuove. Non è scappare. Non è paura. Può salvarti non respirare più salsedine. Più. Camminavo in una primavera mediterranea. Sola. Ancora oceani di pensieri inquieti acceleravano ritmi cardiaci sincopati e ansiosi. Nel confuso di un tramonto marino. Il porto a pochi passi. Liberi i gabbiani in volo. La mia ombra addosso rimproverava insicurezze più che ventenni. Mi vorrei forte e coraggiosa. Pensavo. Integra stella lucente e intanto lame metalliche mi stringevano stronze i fianchi saziandosi, rubando il dolce rimasto sulla mia pelle. Frenetica inquietudine bisognosa di felice quiete. Così poetico e triste insieme. Sentirmi romantica nel tramonto. Come sempre musica di violini elettrificati registrati in nebbiose pianure padane ad azzerare il sonoro naturale delle onde nervose. Cosa cerchi, Misty? Prova a rispondere a questo, se ne hai il coraggio. Viziosa incontentabile esistenza. Il porto a pochi passi. A pochi passi. Nel tramonto. Tutto ti ricorda tutto qua e sono tanti i ricordi da sedare, annullare, abbandonare. Parole e volti da evitare cercando sconosciute situazioni. Reinventare. Reinventarsi un passato e un futuro. Nuova polvere e nuove acque. Camminavo lentamente sulla mia cattiva terra mentre l'arancio del sole penetrava infuocato l'orizzonte.

Di colpo si fa notte
s'incunea crudo il freddo
la città trema
livida trema
s'alzano i roghi al cielo
s'alzano i roghi in cupe vampe.

MAYFLOWER DESTROY

Voglio pensare a quanto tutto il mio esistere mi piaccia, mentre seduta al Mayflower di Soho mangio svogliatamente cucina cinese, servita da un giallo in uniforme unta. Attorno uomini soli in cellulare consumano cene parlando. Il similrappresentante alle mie spalle conversa ad alta voce e le melodie asiatiche non riescono a ovattare parole idiote, che spiegano a una lei che andare a letto con uomini che si conoscono tra di loro può essere così pericoloso che non può immaginare nemmeno con tutta la buona volontà di un sacerdote buddhista.

"Vedi, cara, il mondo gira così. O ne comprendi il senso o sei finita, spacciata. Non so se riesco a spiegarmi... ecco, proprio così... se ti etichettano hai chiuso e lo dico per il tuo bene. Se la dai a tutti, in breve tempo sarai solo la troietta da sbattere il venerdì sera... no, non piangere... no... no... no che non voglio terrorizzarti... dài, vediamoci dopo..."

Germogli di soia. I figli del cinese girano per il ristorante con le dita nel naso.

Vorrei che Courtney Love fosse mia amica e che mi cantasse tutte le sere *Doll Parts*, stesa in sottoveste nel suo letto. Vorrei che ascoltaste *Doll Parts* mentre leggete quello che voglio scrivere, seduti a terra con la sua voce vicina, leggete lentamente quello che segue e toccatevi le braccia, e se volete pensate che vi sto guardando appesa al soffitto.

"Non fare così, piccola, basta che la smetti con i tuoi vizietti ninfo. Basta chiudere le gambe o scegliere maschi di varie nazionalità, o che almeno vivano a 200 chilometri di distanza l'uno dall'altro. Sì, lo so che con la spirale se non lo fai 14 volte la settimana sono casini per via di quelle stranissime pulsazioni vaginali... oh! mi piace quando dici quelle cose... dài, smettila che altrimenti mi eccito e qui il cesso è uno schifo e poi ci sono dei mocciosi gialli che mi guardano con le dita nel naso..."

Involtini primavera per me, due in tutto. Li seziono in cerca di resti animali, e rassicurata a dovere inizio a mangiare, sorvegliata a distanza da un altro simil-rappresentante in cellulare. Mi chiedo quali saranno i suoi pensieri. Se mi considera così affascinante da rimanerci o così magra da indurre a conclusioni nefaste. Ho attaccato molti sticker fluorescenti con il mio numero di telefono e lo pseudonimo Ketty in diverse cabine telefoniche della metro. Spero che stanotte qualcuno chiamerà, magari alle 27.30, orario che adoro in maniera assolutamente ultradivina. Lunghissime telefonate notturne con voci sconosciute che hanno solo voglia di parlare e ascoltare e poter inventare vite impossibili e andare avanti per ore. Ultimamente soffro di insonnia, alle 26 regolarmente mi sveglio e tutte le benzo del mondo non riescono a ipnotizzare la mia frenesia. L'uomo continua a osservare interessato, poi decide di alzare il suo culo per avvicinarsi e chiedere il mio nome. Naturalmente mento e rispondo a caso Lucille.

"Mi chiamo Lucille."

Si siede, appoggia i gomiti sul tavolo. Noto mani pelose e polsini lisi. Risponde al cellula inclinando leggermente la testa verso il paravento. Un clochard biondo attila la faccia contro il vetro e inizia a leccare la superficie trasparente, lasciando saliva come scie di lumache dopo pomeriggi di pioggia. Muove in senso orario le pupille coordinando successivamente la lingua, il tutto mentre grammi viscidi di soia si trovano nella mia bocca. L'amico al tavolo non si accorge della nuova presenza, tanto è coinvolto dall'orgia via cavo. Il clochard si abbassa la cerniera dei pantaloni. Il cinese chiude le tende mandandolo a fanculo con una serie di ideogrammi a china. Bevo birra e alcol di riso contemporaneamente, intervallando con grappa di prugna dentro bicchieri minimi con fondo lenticolare e microfoto di cinese seminuda seduta. Ordino del vino bianco e lo aggiungo alla birra, poi correggo con della grappa alla ciliegia e cerco di far scivolare il tutto più velocemente possibile. Riempio il mini bicchiere hard di alcol di riso, una due tre volte, poi mixo abile nuovamente birra e vino e chiedo un nuovo bicchiere dove miscelare la grappa rimasta con del sakè caldo e bevo così sclerata da sembrare pazza e peggio. Il similrappresentante continua a parlare e a contare iperallibito il ben di dio etilico da me deglutito. Vorrei ascoltare *Jennifer's Body* e vomitare sul tavolo sporcando rovinosamente lo stronzo davanti, ma mi trattengo e barcollando riesco a pagare e a uscire in modo del tutto perfetto. Continuate a leggere toccandovi dove vi pare e se vi sentite veramente pronti alzate la testa al soffitto e guardate il mio corpo appeso dondolare. Vi amo.

DESTROY N. 8

Il telefono squilla alle 27.30 precise. Da un'ora e mezzo sono sveglia, stesa sul pavimento a sognare pomeriggi assolati su prati in fiore, più farfalle dalle grandi ali colorate e foglie verdi come mantidi religiose. Rispondo curiosa. Devo allungare notevolmente il braccio destro per raggiungere il telefono e mi piace farlo senza alzarmi. Così stesa nel buio. Al mio *pronto* segue del silenzio, poi un respiro regolare, provo a ridere e mi invento storielle stupide, ma il respiro rimane e potrei arrabbiarmi in urli indecenti e sbattere la cornetta contro il muro, ma voglio che la storia continui, e così inizio a respirare come piaceva tanto al dottore di famiglia e i nostri respiri si uniscono in un assolo immorale. Alle 28 sono ancora al telefono e riprovo a chiedere il suo nome e dico guarda che se non parli sto male, ho bisogno di parlare con qualcuno e sento che potremmo farlo bene e sicuramente la tua voce mi piacerà.

"Di che colore sono i tuoi capelli?"

"E i tuoi occhi sono scuri?"

"Sì, scuri, come i tuoi, vero?"

"E la tua pelle... parlami della tua pelle..."

La sua voce è mia e sono contenta sia un uomo, maledettamente contenta.

Accendo una Gauloise prima di rispondere. "La mia pelle è chiara, senza tatuaggi."

Lungo respiro.

"Sei sola in casa, c'è qualcuno con te... di che colore sono le pareti..."

"Le pareti sono bianche e sono sola, e ho voglia che qualcuno parli con me, mi piace il telefono e qui c'è un tale silenzio che vorrei urlare così forte da svegliare tutti." Ingoio della benzo trovata a terra e mi accorgo di tremare tutta.

"Anch'io sono solo e fuori sta passando della police ubriaca." Silenzio. "Mai conosciuto poliziotti ubriachi?"

Mi alzo anche se il nero attorno mi spinge sempre di più contro il pavimento e mi avvicino alla finestra, e da lì guardo la cabina telefonica in strada. Strada deserta alle 28, qualcuno dorme lì dentro, posso vedere il suo corpo rannicchiato a terra, una sagoma scura a terra illuminata dal lampione vicino.

"Non ho mai conosciuto poliziotti ubriachi... solo stronzi, quello sì, poliziotti stronzissimi."

Sirene molto ambulanza e collassato a bordo scivolano nel silenzio. Spengo la sigaretta contro il vetro appannando la microsuperficie attorno. Giro per la stanza toccando i muri. Un giro dopo l'altro, e intanto l'amico parla di quanto possa essere bello aspettare il sole in qualche posto deserto e di quanto sia grandioso il sole quando sale come un aquilone.

"Mio padre dice che sono un fallito. Ho 25 anni e non ho ancora combinato un cazzo, niente lavoro, nessuna moglie incinta... Io vorrei solo sparire, bere una Guinness e svanire nel nulla." La sua voce diventa un lamento, una sottospecie di ballata irlandese triste, dove attorno a un fuoco in una spiaggia sperduta ballerine dalle gonne alla caviglia saltano infantili sbattendo tamburelli tirolesi.

Ho sempre formulato bizzarre associazioni, è come se le mie emozioni abbiano un loro corrispettivo visivo indivisibile, un po' come quando bevi troppo alcol senza autocontrollo e ti ritrovi a pensare a vissuti stonati con morbosa nostalgia, e così tutto ritorna con colori diversi, e quasi vorresti tornare indietro e amare disperatamente quello che hai odiato e che continuerai a odiare una volta sveglia.

"Vorrei anch'io un'alba in riva al mare, di quelle limpide e calde d'agosto, e se chiudo gli occhi quasi sento la notte sollevarsi tirando luce come un aspirapolvere appena comprato, e se li chiudo ancora più forte sento le onde bagnare le mie gambe e il rumore dei gabbiani già in piena pesca..."

Accendo una seconda Gauloise e aspetto che al di là del filo arrivi una risposta, ma niente, cazzo, lo stronzo ha chiuso, sbatto il telefono a terra e torno alla finestra e il tipo della cabina è sparito e sono le 29 e già gli spazzini rubano merci barbone e tiro calci nel buio e spengo la sigaretta contro la mia mano e urlo forte mandando a fanculo anche il sole, affanculoancheilsole.

LILÌ DESTROY

"Ti vorrei a casa mia domani sera," così vuole la super-lady in breitschwans bagnato e adesso è completamente domani sera, penso cercando la Carhartt con il suo biglietto infilato in qualche cucitura. Alzo *Credit in the Straight World* straveramente Hole e mi drogo sufficientemente sabotando l'ampolla dell'aerosol con del Violence Jack vol. 1. Infilo le forcelle nasali, il boccaglio e la mascherina sterile, appoggio la testa alla poltrona e mi lascio coccolare e accarezzare. This record is dedicated to the memory of Joe Cole. Dopo almeno 20 minuti riesco ad avvicinarmi allo specchio e mi guardo innamorata, ballo qualche secondo nuda prima di entrare nella doccia, un box di plastica bianco latte acido notevolmente distrutto. Il getto arriva caldo e ballo qualche altro secondo perché *Credit in the Straight World* mi esalta a tal punto che potrei aprire la prima finestra e lanciarmi nel vuoto. Minuti dopo indosso il nuovo reggiseno di Calvin dai piccoli rettangoli neri e il sottoelastico firmato. Non so se indossare il perizoma francese o quello americano sicuramente più comodo. Scelgo l'americano, e una volta addosso mi ritrovo allo specchio e ballo ancora lenta mentre mi profumo di muschio bianco. Ripenso all'autoerotismo e quasi mi stendo sul tappeto e provo a toccarmi... Una certa Nico si masturbava continuamente in modo ossessivo. Dopo essersi spogliata indossava lingerie materna, accendeva la radio, e quando un certo d.j. brasiliano iniziava a parlare lei si toccava di brutto. Scelgo una minigonna inguinale verde vomito e una T-shirt a maniche lunghe verde vomito, calze di lycra lucida e Fly al polpaccio... oddio come adoro i miei polpacci, così morbidi e lisci... completo con del peluche alla caviglia verde vomito e rossetto fluorescente. Inalo ancora qualche minuto di Violence Jack vol. 1 e mi sparo in vena del Galaxy Express

999. Cado sul tappeto e inizio a cantare *I Think that I Would Die* e successivamente *Asking for It*, chiudo con *Miss World*, ritorno verticale e bacio il Rex e lecco il Rex, il Galaxy mi tiene attaccata alla sua bombatura, così rimango qualche minuto incollata al frigorifero e poi ricado a terra. Alle 23 precise sono dalla bagnatissima femmina e lei quando apre la porta sa di divino e mistico insieme, ed è ancora più vecchia e umida mentre prende il mio braccio dicendo dài entra che prendi freddo. C'è altra gente e la casa è ricca come piace alle madri. Tutte le madri vorrebbero che le loro figlie si facessero sbattere da maschi con madre danarosa, per poi avere schifosissimi appuntamenti inglesi alle 17, tè e biscotti friabili, parrucchiere tre secondi prima.

"Ciao, io sono Lauren e tu devi essere la ragazza che Lilì ha conosciuto ieri pomeriggio davanti a Purificación García, vero?"

Mi accorgo che Lilì ha addosso il n. 4.

"Lilì ha parlato così tanto di te. Sei una cara ragazza, i tuoi genitori saranno orgogliosi. Dimmi, sei a Londra per studio?" domanda sistemandosi il fiocchetto della camicia da maschia repressa.

"Sono qui per cazzi e altro. Più per cazzi che per altro. Un cazzo dopo l'altro, un po' come giocare a Totem d'Arabia. Capisce il senso... non so se mi spiego... sono qua per mangiare salatini da vomitare da qualche parte, magari nella sua bocca..."

La tipa indietreggia inorridita e bagnata, mani sul viso, pupilla allopatica. Dio come adoro i maiali! Portatemi dei cache-sexe da indossare in collane esotiche, ballate davanti a me danze indigene e rapitemi al più presto, prima che il genio della lampada mi regali una 44 Magnum e inizi a far fuoco come nei migliori film di Clint Eastwood!

LABELLE DESTROY

Labelle vive in un attico vetrato, tra piante di limoni e gabbie di criceti. Ha lasciato Parigi 6 anni fa mollando tre figli e un marito violento. Una mattina lei comprava cioccolato alla fermata di Tottenham e io leggevo svogliatamente "The Face", seduta sopra un cubo di cemento mentre aspettavo la metro senza sapere dove andare. Pensavo solo a girare il più possibile sottoterra, evitando con prudenza qualsiasi luce naturale. Il sintetico, l'artificiale, era solo plastica quello che volevo e dovevo tenere il volume del walkie alto, e sviare scrupolosamente possibili conversazioni, possibili contatti fisici. Avevo scelto dei Bollé convenientemente scuri, e quello che vedevo perdeva i contorni assumendo dimensioni alterate piacevoli, e riflettevo sull'assumere o meno potenti ipnotici e millilitri di alcol per stonare ancora più il ritmo dei miei sensi. I sensi. Perdere conoscenza almeno 24 fottutissime ore. Svenire in un angolo e passare inosservata per almeno 24 stramaledettissime ore. Labelle era coperta da un piumino high-tech, con tanto di cristalli liquidi in movimento e fibre ottiche imprigionate tra le cuciture a zigzag. Comprava, o almeno tentava di comprare cioccolato al distributore di Tottenham e si incazzava animale perché mancava quello fondente, e urlava isterica cattiverie all'omino addetto all'assortimento svizzero. I suoi capelli. I suoi capelli sono fantastici, riflettevo quasi minimalista.

"Maledetti inglesi, voglio mangiare cioccolato fondente, la volete capire o no?"

I suoi capelli da maschio rasta erano la cosa più bella che avessi visto dal mio arrivo a Londra. Rasta e bianchi come quelli di certe nonne ben curate.

"Non la pensi come me?" disse togliendomi le cuffiette.

Rimasi muta, allibita, sconvolta e scocciata insieme, e lei duplicò:

"Non sono stronzi questi inglesi?"

"Non me ne può fregare meno, scusa ma non è il giorno..."

A Notting Hill Gate mi era ancora vicina e duplicava cyber la storiella su quanto fossero stronzi gli inglesi. Quando la metro viaggia veloce, la voglia che ogni senso della realtà venga distrutto sotto il suo peso mi affascina a tal punto che vorrei staccare la spina e paralizzarmi di colpo. Sempre più veloce e il razionale che si distrugge sotto i miei occhi saltando contro i finestrini, rimanendo attaccato come escrementi di piccioni. Labelle sempre più attillata al mio braccio sinistro smise di parlare, quasi i miei pensieri si fossero infiltrati nei suoi scaricando l'adrenalina che fino a un attimo prima l'aveva posseduta. Mi tolse nuovamente le cuffiette e sorrise e mi disse che il suo nome era Labelle, mi parlò del suo attico invaso da limoni e criceti e delle grandi vetrate sul soffitto e di quanto l'entusiasmava guardare i lampi e ascoltare i tuoni.

"Nei migliori temporali ascolto *Love Will Tear Us Apart* dei Joy Division, dovresti provare, al prossimo temporale ti chiamo e ascoltiamo insieme Ian Curtis guardando il cielo incazzato... ok?"

GLYCERINE DESTROY

Sul pianerottolo c'è chi piange. Lacrime. La mia tv è spenta e sono così concentrata da star male. Fa male. Mi fa male. Come stai? Sento singhiozzare lentamente. Sul pianerottolo. Di sera. Sera inoltrata. Se avessi gelatine alla fragola aprirei la porta e te le offrirei. Fragola o limone. Non si può soffrire soli. Non so perché. Ma è vietato. Ho letto qualcosa del genere in un fumetto porno vietnamita. Chi non divide dolore muore. Cara Misty, cancella la doppia mandata e spalancati. Livido il suo viso contratto da anarchica disperazione. In ginocchio sul marmo vitreo di un pianerottolo londinese la donna piange. Come stai? La sua gonna è così lunga e la maglia così corta. Mi siedo vicino a te e ti chiedo risposte a tante nere emozioni. Tu allora ti perdi ancora di più in questa sconosciuta rabbia sola, e nascondi il viso coprendolo con le mani fredde di marmo calpestato, e piangi e ancora piangi senza spiegare, senza rendermi partecipe del tuo male. Come stai? Non senti che voglio farti bene? Le senti le mie braccia sul tuo collo? E le mie lacrime per le tue? Le senti? Calde. La tua pelle è così chiara e la tua fragilità così oscura. Posso dirti l'ora. Sera inoltrata. Le altre tv negli altri appartamenti parlano confondendosi nei corridoi stretti di queste scalinate assiderate. Non c'è ascensore. Potremmo giocare con lui se solo ci fosse, e così come una bambina triste e sola mi sveleresti il tuo segreto. Singhiozzando. Posso indovinare la tua età e far comparire un coniglio bianco da un cilindro nero. Adesso mi guardi. Tocchi le mie guance e asciughi le tue. Ti alzi. Lenta. Le tue gambe sono così magre e la tua tristezza così grassa. Nell'appartamento accanto le urla di una madre gravida colpiscono il nostro silenzio. I tuoi passi attraversano il mio spazio. Il rumore meccanico del portone che si apre. Tu inghiottita dal sonoro della strada. Le tue lacrime che bagnano il mio pianerottolo. Unica traccia di una dolorosa presenza. The end.

DESTROY N. 9

"Questo è per te." Mary allunga il pacchetto viola. Alla tv una checca clonata fa del body painting sul corpo nudo di un minorenne. L'orologio segna le 18. Ho appena fumato del Bubble Gum Crisis e ragiono così lucidamente che tutto il mio passato mi si disegna davanti.

"Una cosuccia da poco, un pensierino, su, apri..." Si alza e gira attorno alla mia poltrona. Il clonato tira del blu cobalto centrando i capezzoli del boy, poi disegna delle api sul suo sedere e glielo bacia.

"Avanti, apri, che aspetti?"

Gli bacia la schiena, si tinge la punta della lingua, passa sinuoso alle spalle, il piccolo chiude gli occhi e inizia a cantare *Anarchy in the U.K.* dei Sex Pistols. Vorrei che il serial killer del momento bussasse alla porta e vorrei guardare Mary aprire sorridente e rimanere con il suo regalo stretto tra le mani mentre lui l'abbraccia dolce per poi ucciderla. Scarto il regalo con lentezza, senza staccare gli occhi dalla checca in papillon rigato che colora di rosso l'ombelico e ricama con i denti motivi vagamente asiatici. Adesso ho in mano una scatola di metallo lucido e dovrei aprirla famelica e esclamare "fantastico" gettandomi come una servant ai piedi della mia domina e instaurare una relazione dinamica come nella migliore situazione sadomaso del millennio, come puntualizza l'illustre William Cooper perdermi in quel piacere sadomaso che sta nella fluttuazione della mente intorno a una idea di fissità. Manifestare remissività eccitando la mia domina, lasciarmi frustare voltata di spalle e godere della frusta che cade di piatto sui fianchi dei glutei, sull'incavo della schiena, sulle spalle, sulle cosce. Mary mangia del sedano e mi si piazza davanti.

"Fantastico!"

Le sfilo il sedano abbracciandola.

"Un vibratore Orange Road Special a cinque velocità... fantastico, génial, merveilleux, è americano, l'ho visto pubblicizzato su Internet, avrai speso una follia! E poi così cromato scivola bene!"

Il serial killer non bussa alla porta.

"Ti vanno 5 minuti 5 di cesso?"

Mary lascia cadere l'accappatoio rimanendo nuda. Dopo 20 minuti sono in strada e compro "Kappa Magazine" dal primo giornalaio che incontro e prima di scendere in metro scelgo il bidone più fetido e gli getto dentro l'Orange Road Special.

DESTROY N. 10

"Cara Telly, la vita qui a Londra è a dir poco stupenda. Come dicevi tu, era ora che me ne andassi e la scelta è stata giusta. Guadagno 100 sterline al giorno e mi sono comprata una serie di Buffalo fantastiche. Conrad come sta? Chiede ancora di me? Mi ama ancora così tanto da piangere ogni volta che il mio nome viene nominato? Ha minacciato di tagliarsi le vene, bere il suo sangue e spedirmene un po' dentro una fialetta di soluzione fisiologica? Per ora vivo sola e nessun uomo fa battere il mio cuore. Parlo spesso al telefono con maschi interessanti e faccio giornalmente i 20 minuti di aerosol. Ho letto tutti i manga che mi hai regalato e ho visto le tue foto su 'Playboy' di ottobre. Se vuoi rispondi alla mia lettera, e se ne hai voglia incolla sotto il francobollo un acido Beta Kappa, che tanto sai già a cosa mi serve. Mi piace il tuo nuovo naso e dovresti venire a trovarmi prima di Natale. Esci ancora con il negro della pubblicità degli spermicidi? Lo so che ha un davanti innominabile e un didietro da far impazzire qualsiasi frocio modello di questa terra. A proposito, ho comprato un pesce rosso e l'ho chiamato Dragon Ball, come il tuo manga preferito. Il tipo che me lo ha venduto ha detto che per 50 sterline può sterilizzarlo così l'acqua dell'acquario puzza meno e non devo stare sempre lì a cambiarla. E Taita come sta? E vero che si è rifatta finalmente gli zigomi e il mento e che assomiglia maledettamente a Compiler di Assembler OX? Aspetto tue notizie. Baci e baci, Misty."

Sono le 20 nella Russel Square. Osservo psicotiche figure ansiose ingannare il tempo censurando lussuriosi desideri di gioia. Qualcosa di molto goloso il gioire fine a se stesso. Sentirsi a posto. Chirurgicamente oltre la perfezione. Un esistere sensato. Pura finzione. Osservo il crimine dell'illusione creare teatrini urbani di marionette, appese a invisibili fili di speranze amare. Osservo. Implacabilmente osservo lo spettacolo della quotidianità bastarda che vuole sudditi umili e alienati. Puro campare per campare per molti. Anestetizzarsi e sorridere. In vena. Ancora. Ancora in vena. Le 20 nella metro. Nell'ascensore della Russel. Il mio pornobattito per la tua pornorabbia, amico anemico che non approvi questa mia critica presenza. Non ti va che guardi schifata l'orrendo taglio di capelli che ti ritrovi. Il completo da magazzino popolare. Il bennutrito del tuo corpo di massa. Statisticamente potrei inserirti nelle percentuali più alte. Il tuo pensiero come quello di 1000 altre anime in pieno pilota automatico. Ti basta svegliarti al suono della sveglia e il resto va da sé. Interamente in pilota automatico. Le 20 nella Russel. Nicotinicamente mi svago. Insudicio timidi polmoni rassegnati. C'è gusto in questo. Sottile autodistruzione intelligente. Gioco per pochi. Per tutti. Il ventenne dal parlare forbito mi è accanto. La sua giacca è sporca e la sua pelle stanca. Noto la considerevole altezza con sguardo caleidoscopico, fraziono il frazionabile in una autopsia feroce. Feroce fare. Il suo ostentare mi irrita fortemente. Chi ascolta acconsente disarmato da così tanto stronzo orale. Urlo merda. Urlo lesbica merda e lui si gira religioso e quasi mi posa cauto la mano grigia sulla spalla bianca, invitandomi a passeggiare oltre. Urlo stronzo universitario del cazzo. Stronzouniversitariodelcazzo. Le 20 nella porca Russel. Obese donne dai passati gravidi mi sfiorano. Le borse in plastica rese pesanti da commestibilità familiari. Il fiato caldo e ruvido. Non c'è traccia di miele in loro. Nessun vanitoso orpello. Minimaliste e crude. Le 20. In vena. Direttamente in vena ti voglio. Il barbone saggio sputa magro contro anonimi muri incrostati. Corrosi. Dovrei provare schifo ma è solo noia quello che sento. Insensibile fare. Strofinatelo addosso e poi raccontami.

TOM DESTROY

Tom muore sotto i miei occhi, sotto la mia finestra mentre ambulanti induisti vendono cappelli e guanti di lana. Tom, clochard d'annata, viveva nell'angolo più buio dell'ingresso di questo fetido palazzo di inizio secolo e si riparava con tappetini di spugna e cartoni e giornali, e barba lunga come i capelli e come il cappotto 10 taglie più grande. Un turista ritrae in istantanee flashate l'avvenimento come si trattasse della modella + culo del momento, e della troia + tette del momento, e della vacca + latte della storia. Di Tom ho 35 minuti di parole rubate rientrando tardi. Stanno rimuovendo il suo corpo come si può rimuovere un'auto in divieto di sosta. Cerco di guardare Dragon Ball nuotare nella sua bolla. Ne vorrei una mia per immergermi qualche istante. Aveva trovato la moglie con il suo migliore amico. Abbiamo bevuto birra quella sera e i suoi occhi mi piacevano. Avevano quell'innocenza vergine che solo certi cani bastardi riescono ad avere. Da piccola avevo un cane del genere, un meticcio abbandonato. Quando mi guardava riuscivo a capire cosa intendono gli angeli quando parlano di purezza, e il suo sguardo mi faceva star male perché non avrei mai potuto regalare occhi simili a nessuno, e sapevo sarebbe morto presto perché la purezza non ha anticorpi, ed è così fragile che qualsiasi dannato micro-

34

bo da microscopio può distruggerla anche solo con la sola forza del pensiero. Dragon Ball nuota prigioniero nel suo vetro. Lo libererò questa sera in qualche lago di un parco londinese, ma prima ci faremo un giro in taxi e brinderemo alla memoria di Tom. This record is dedicated to the memory of Tom.

DESTROY N. 12

"Ciao Misty. Ho ricevuto la tua lettera, ma prima di leggere la mia, controlla che il postino non si sia fottuto l'acido Beta Kappa che ho incollato sotto il francobollo. Sono felice ti vada bene e Conrad finalmente ha trovato una troietta messicana che a suo dire a letto è una regina. Che ne dici del mio integrale su 'Playboy' di ottobre? Ti sei accorta che mi sono rifatta i capezzoli e l'ombelico? Fantastico, vero? Taita sembra davvero Compiler di Assembler OX con il nuovo mento e quegli zigomi cyber. Mentre ti scrivo sto aspirando del Vampire Hunter e mi sento come dio comanda. Shuten vuole farsi suora fra tre mesi, e così in questi giorni si fa più maschi possibile. Questo Vampire Hunter è divino, la prossima volta te ne spedisco un po', sempre se contraccambi con del KSO che qua è introvabile. Ti ricordi di Edgar, il tipo che beveva solo Rocky Joe? Si è sparato in bocca una settimana fa, dopo aver saputo che la sua ex se la faceva con sua sorella. Terribile, vero? Adesso sto eseguendo alcuni esercizi per rassodare il ventre, il prossimo mese partecipo a un ménage a sei per un filmetto a basso costo. Sai, di quelli un po' porno e un po' stronzi, ma mi pagano bene e se mi muovo con la giusta sincronia mi assicuro un viaggio a L.A. per un cortometraggio paura, tutto spesato e cose così. Anche io mi sono comprata un pesce rosso e l'ho chiamato Misty, come te. Mi manchi. Tua Telly."

AEROSOL DESTROY

Invito Lilì a cena e per lei cucino alghe kombu e seitan allo zenzero. Sono nervosa e non ci sono tavolo né sedie e forse lei non gradirà la cosa, ma poi penso che non me ne può fregare meno. Fregarsene il meno possibile, questo mi sono promessa dalla nascita, ma più mi concentro più tutto si srotola come una TDK lanciata dal finestrino di un'auto in corsa. Apparecchio a terra e lascio le luci spente. Deve stare male qui. Sentirsi minacciata. In fondo non sa nulla di me e potrei essere la più stronza psicopatica in circolazione. Ho comprato alcol per dieci persone e vorrei si ubriacasse come non ha mai fatto. Mi trucco eccentrica usando pennarelli all'acqua e metto la parrucca modette comprata dal povero ragazzo con il padre stupratore. Indosso un bikini in kevlar incolore e scarpe con tacco a spillo blu codeina. Peso 49 kg. Sono alta 1 metro e 70. Più che perfetta forse più. Telefonata sticker di 10 minuti con un certo Patlabor immigrato argentino in deriva da secondi. Vorrebbe vendermi del Violence Jack d'annata ma rifiuto decisa, odio i pusher che conoscono il mio numero di telefono e finiscono per fare consegne a domicilio. Rileggo la lettera di Telly e le telefono a ripetizione trovando però sempre occupato. Oggi il lavoro con Mary è stato piacevole. Lei era meno patetica del solito e l'incontro vespasiano è durato meno perché è suonato il campanello, e una certa Miriam amica liceale è arrivata con un mazzo di gerbere senza stelo e allora si sono abbracciate in maniera voluttuosa robotizzando simultaneamente "oh! cara! quanto tempo! fatti guardare!" e preliminari simili. Poi si sono accomodate sul divano con Mary che annusava i fiori e se ne stava tranquillamente nel suo accappatoio senza spiegare la mia inquietante presenza in kimono nero e rossetto microcristallino rosso bic.

Guardo due video su Mtv, aziono l'aerosol e lascio che il cortisone cammini nell'aria. Alcol e cortisone vaporizzato. Accendo un cero dal diametro considerevole con tanto di Papa stampato in quadricromia. Sistemo le alghe e lascio le bottiglie di vino allineate e aperte. Dragon Ball finalmente nuota libero nel laghetto di Holland Park con una probabile compagna a fianco. Nella bolla ho messo dell'aspirina effervescente, mi piace guardarla quando svanisce tra mille bollicine frizzanti. Ne lascio cadere una e contemplo estasiata i suoi movimenti. Lilì arriva in perfetto orario e non indossa il breitschwans, e questa volta il mistico e divino insieme non sono con lei e la sento talmente anonima che quasi non la faccio entrare. È in compagnia di Thomas, suo nuovo pupillo conosciuto a una Biennale veneziana lo scorso settembre.

"Che bell'appartamento!"

Il buio è tale che mi chiedo come possa rendersi conto di come sia lo spazio che la sta accogliendo. Thomas rimane rigido e sento che la faccenda lo turba, ma è talmente affascinante che inizio a offrire vino per riscaldare l'atmosfera e loro bevono affamati e io riempio abile i loro bicchieri almeno cinque volte prima di farli accomodare a terra.

"Perché lasci l'aerosol acceso?" domanda Thomas.

Non rispondo.

"Veramente delizioso il tuo appartamento, mi ricorda l'installazione di Pomenereulle alla Plage di Pont de Sèvres. Ti ricordi, amore? Era assolutamente meraviglioso." Thomas è al decimo bicchiere e mastica kombu salate con lo sguardo perso nel vuoto.

"Dovresti organizzare delle festicciole qui, qualcosa di così mondano da far ingelosire la mia amica Lana. Sai, lei organizza festini allucinanti invitando le persone più chiacchierate del momento e fa parlare così tanto di sé che tutti la invidiano. Quella vacchetta mantenuta da due soldi. Pensa che è alta appena un metro e cinquanta, ma dice a tutti di avere gli stessi centimetri di Linda Evangelista!"

Aggiungo altro cortisone e loro iniziano a tossire ma continuano a bere e ormai non ragionano del tutto e allora lascio cadere l'acido Beta Kappa di Telly nel bicchiere di Lilì senza che lei se ne accorga e inizio a fumare del Bubble Gum Crisis sempre tenendo le finestre sigillate.

"Perché non spegni quell'aerosol?" duplica Thomas.

Non rispondo e passo fettine di seitan allo zenzero. Lilì non riesce a centrare il piatto e le cade continuamente la forchetta. Propongo un brindisi, tanto godo all'idea del Beta Kappa nello stomaco della bagnatissima signora. Inserisco il cd dei Koncealed Konceit. Suona il telefono per una seconda telefonata sticker. È una donna questa volta, e minaccia isterica di uccidersi se non le ritrovano al più presto il suo adorato barboncino Duchamp. Rispondo che non è proprio il momento, ma aggiungo anche che se tra quattro ore è ancora viva può richiamarmi. Lilì si sente male. Inizia a girare flashata per casa. Molto flashata per casa. Spettacolare isteria lisergica la sua.

"Thomas, mangia con le mani, mettimi del pomodoro in bocca e sporcami."

Thomas esegue timido e servant, servant e timido.

"Adesso fallo tu e sporcami."

Misty esegue timida e slave, slave e timida. Lilì sputa nei piatti. Ride. Vomita sul tofu. Lecca la schiena di Thomas. Si abbassa le autoreggenti barcollando stronzamente drogata di idiota Beta Kappa italiano. Fuma il Bubble Gum Crisis rimasto e vomitavomitavomita.

"Thomas, il tuo braccio destro. Passami il tuo braccio destro."

Servant e timido osserva l'ago sottile entrargli in vena. Perfetto caldo Galaxy Express 999. Più che perfetto e caldo.

"Il tuo, Misty. Dammi il tuo."

Galaxy nel mio sangue slave e timido. Quello che segue è solo noia.

Vostra per sempre, Misty.

LOVE DESTROY

So che mi stai pensando. Da 15 minuti. Da 30 minuti. Mi pensi. Lo sento. Voglio sia così. Tu innamorato di me. Non sono un'amante o qualsiasi cosa tu voglia. Indecifrabile emozione e nient'altro. Mi stai leggendo e c'è musica. Il tuo cane distrugge un'intimità serale che tieni in mano. Sono tra le pagine. Sempre più fragile e leggera. Soffia e vedrai la mia Fred Perry cadere ai tuoi piedi. Penetrati senza inibizioni di parole che ho scritto con una Staedtler tedesca. I momenti di maggior abbandono sono per me rari e intensi e entrarmi dentro non basta. Ti sto scrivendo. Possedendo quello che mi va. Posso farlo. Questo rende la mia debolezza arma potente. Penso al romantico come a qualcosa di estremamente violento. Violento. L'odore della carta che stai tirando picchia il tuo palato. Mi vorresti presente, libera dai miei sogni, ma non sono altro che un'impalpabile emozione, una dislessica professionista del nulla.

CREAMY DESTROY

Lampi e tuoni attraverso il soffitto di vetro. Stesa sul letto di Labelle ascolto *Love Will Tear Us Apart*, ed è davvero fantastico starsene qui in alto e guardare il cielo incazzato. Lei accarezza Creamy Mamy, il suo criceto preferito, e la sua testa si muove come i Joy Division vorrebbero con certe note. Non c'è riscaldamento e ho addosso il suo piumino high-tech, e lei è avvolta in una coperta con Creamy sulle gambe, mentre fuori l'acqua scivola fino a terra e gocce anarchiche cadono dentro plastica blu. Il letto è grande come tutta la stanza e a terra giornali e pacchetti di sigarette ricoprono il pavimento.

"Allora, come ti sembra?"

Libera il criceto e cerca l'alcol. Beve dalla bottiglia, poi tossisce e sputa nel lavandino. Cesso e camera sono un tutt'uno. Si siede sul water sempre bevendo, tossisce nuovamente e si accende una Silk Cut, e dopo un tiro un nuovo sorso di alcol e mi passa la bottiglia contemplando il cielo.

"Se vuoi, in frigo c'è del gelato." Si stende vicino a me e sospira "adoro l'acqua". Si alza di scatto, apre la finestra, esce sul terrazzo, inizia a girare lentamente su se stessa con le braccia tese e gli occhi chiusi. Si lascia bagnare completamente sempre girando, canta piano. Rimango distesa e mi addormento.

È mattina e Labelle non c'è. Creamy Mamy è vicino alla mia faccia e quando apro gli occhi mi sale sulla spalla e forse aspetta coccole o solo semi da masticare. Ha lasciato un biglietto con su scritto che non tornerà prima di sera e che se voglio in frigo c'è del gelato. Le chiavi le posso lasciare sotto lo zerbino. Mi telefonerà presto. Ti voglio bene, Labelle. Ieri sera non abbiamo parlato e la colpa è del mio sonno Yoshimoto e non posso non chiamarla per scusarmi, ma queste paranoie non le voglio, e forse lei desiderava solo guardare le mie palpebre chiuse e un respiro da sogno vicino al suo, quella notte. Esco senza salutare i criceti e cerco qualcosa di dolce da regalare al mio stomaco, perché sono ore che si sente solo, come me.

"Qualche confetto al giorno di Anafranil risolverà il suo problema, dobbiamo solo inibire il suo re-uptake di noradrenalina e serotonina dai rispettivi neuroni," così prescriveva mesi fa lo psyco italiano grande stronzo in maglione, ma io odiavo il solo pensiero di una mia possibile sindrome ossessivo-compulsiva, come lui l'aveva chiamata, e dopo le prime tre caramelle triangolari avevo buttato tutto, e con i soldi del mio venticinquesimo compleanno mi ero comprata un biglietto britannico per volare via. Volare. Succo di frutta, tè al limone, torta di mele sopra il tavolo. Controllo l'ora, l'appuntamento con la signora del cesso personale è stato spostato a mezzogiorno oggi, perché nel pomeriggio è previsto l'arrivo del marito e un nostro possibile incontro è del tutto sconsigliato.

"Posso offrirle un caffè?" Solito rompicazzo curioso.

"No grazie." Finisco veloce la torta e lascio tè e succo intatti per sparire alla svelta prima che l'avance si ripeta. Devo farmi una doccia prima di andare da Mary e indossare il kimono nero che mi ha regalato qualche settimana fa. Nella lista c'è anche del rossetto microcristallino rosso bic che non posso non mettere. Due corvi si baciano con la lingua sopra una betulla argentata. Se avessi quella cessosa Nikon giapponese scatterei foto memorabili che regalerei ai criceti di Labelle.

JESUS DESTROY

Potrei non accettare. Non sarebbe poi così difficile. Ho sonno e il tuo sorriso registrato sa di vissuto perverso. Sei il classico tipo da palestra. Da piscina, e te la fai con donne come Lilì. Thomas. Lasci che madri come Lilì comprino la tua intrigante età. Mi metti la mano dove sai, ma siamo in chiesa e non va. Le suore potrebbero apparire da un momento all'altro, radianti come visioni da organo liturgico. In chiesa lo hai già fatto. Lo hai fatto dappertutto, anche nella

culla di tuo nipote, anche dentro le tasche di tuo padre. To-
gli la mano e cercati una femmina repressa che trovi interes-
sante il tuo fare. Sono le 22 di un giovedì qualunque. Lilì è
in nostra attesa. Vogliosa come sempre. Anche più di sempre. Le sue incontrollabili schizzate voglie. Vieni qua con lei
e porta a termine questo tuo film. Il facile ti annoia e la noia
è quello che di peggio tu possa volere. Malsano virus di fine
secolo. Apaticamente lasci che respinga i tuoi desideri. Invento preghiere che raccontano avventure coraggiose di
guerrieri indiani a cavallo. Iniziano con *c'era una volta* e finiscono con *amen*. Dici che gioco a fare la strana. Che gioco
con la gente. Non so se sia vero o meno. *Sono* e fine. Tau-
tologica conclusione di comodo per chi viaggia nella nebbia. Meglio passeggiare. Vieni, che mangiamo qualche chi-
lometro verso Lilì. Ci saranno simpatici conoscenti ad at-
tenderci. Ci baciamo per molti minuti contro il confessiona-
le. Il tuo corpo addosso. Fermiamo tutto e andiamocene.
Potrebbe piacermi. Potrei prenderci gusto e andare avanti.
Prima tu, io ti seguo. Il freddo del fuori è quello di cui ho
bisogno. Congeliamoci e divertiamo gli invitati.

JESUS DESTROY

Tutte simpatiche irritanti persone sopra i divani di casa
Lilì. Pettegolano stronzamente tra loro sorseggiando il sor-
seggiabile. Si ascolta una sinfonia di Widor, ma il lettore
cd fa schifo e il suono che ne esce è pessimo. Come il resto.
Io, Thomas e Lilì ci chiudiamo in cucina per fumare del Gore 3941. Mia prima volta di Gore 3941. Costoso e forte quel
tanto da deformare immediatamente ogni mia percezione.
Non ci sono poster di miti sieropositivi in giro. Se ci fossero
li colpirei a morte. Susan, amica divina di Lilì, entra con la
scusa dell'ora. Le rispondo che sono appena le 9 del mattino.

Lei ride e mi sfila il Gore mordendolo famelica. Un bambino grasso, un uomo grasso e una ragazza grassa cercano tramezzini e uova al bacon. Schifosa visione di viziosa fame. Non ragiono. Non riesco a ragionare. Insulto le obesità camminanti in tanto Gore 3941 e le costringo a tirare tutto il rimasto. Sferro calci rabbiosi ogni volta che una loro bocca si rifiuta. Con intensa crudele violenza. Thomas alza il volume di *Jellybelly* e strappa il vestito in seta di una collegiale matura, immobilizzandola a terra. Cosa da stupro e merda così.

NICK CAVE DESTROY

Vorrei arrivare al party di Lana dentro una limousine bandierata come un tramezzino da telefilm americano e sfondare la porta investendo gli ospiti. Masticare colla e entrargli dentro. Viaggio contromano sopra un taxi nero booster. L'autista ha un odioso accento nepalese e viaggia logorroico fino alla fine, tanto è sconvolto dalla precedente passeggera, cosce aperte e cinemascope a tutto specchietto.

"Che spettacolo, baby!"

Scendo a Piccadilly e compro del KSO da un norvegese amico di Labelle che chiede sue notizie e porge distinti saluti, se mi cerchi alle 23 mi trovi qui, assicurato. Ottimo KSO, il migliore di Londra. L'orologio svizzero rotea annoiato. Una ragazza in codini e cappello da elfo mi si avvicina sussurrandomi "Vorrei baciarti". Arriverei da Lana con una Limu da rockstar e distruggerei il festino. Poi salirei sul tetto dell'auto e urlerei intonata nefandezze demenziali per circa un quarto d'ora.

"Voglio baciarti," rimemorizza la bimba.

"Io no, vaffanculo."

Mio padre mi vorrebbe a casa per la cresima di mia sorella, gran famiglia al completo.

"Voglio baciarti."

Rassegnata porgo la prima guancia, ma lei stronzissima centra le labbra fissandomi negli occhi.

"Posso andare adesso?"

Lei si gira e sparisce tra la folla. Rimango davanti al centro svizzero ad aspettare Lilì e Thomas.

"Mi vendi la tua giacca?"

"Scusa, cosa?"

"La tua giacca, ho detto, mi piace un totale, posso pagartela bene."

Ho addosso una drape da maschio frocio con un'enorme bruciatura circolare sul di dietro, le maniche macchiate indelebilmente di blu, le tasche bucate e le cuciture saltate in un pot-pourri di fili a cadere ovunque e la richiesta mi sembra semplicemente incredibile.

"Non la vendo, è la drape di Nick Cave, capisci? Un regalo a cui tengo molto e da cui non intendo dividermi."

L'acquirente è basso, Ben Sherman scozzese, pantalone attillato.

"Cazzo Nick Cave. Cazzo, cazzo, cazzo. Nick Cave! 300 sterline, ok?"

"Sei fuori."

"500."

"Non ragioni."

"Se non me la vendi chiamo degli amici e ti faccio rapire e violentare tutta la notte. Intendi?"

Lilì e Thomas appaiono di colpo e la loro è una visione di un divino indescrivibile. Urlo vaffanculo e mi lascio trasportare alla festa.

"Qualcosa non va?" chiede Thomas. "Chi era quel tipo con cui parlavi?"

"Un testimone di Geova che voleva vendermi certi opuscoli e cose affini." Rispondo dolce strappando annoiata la tasca destra.

LANA DESTROY

Ci accoglie calda, tenendo avanti il seno semicoperto da maglina iridescente a lasciare intravedere i capezzoli piccoli e chiari. Thomas le abbassa leggermente la scollatura e inizia a succhiarla dappertutto spingendola contro la parete. Stanotte nel mio sogno una nigger dalle grandi cosce baciava le mie gambe mentre attorno persone sconosciute guardavano masticando colla. Un teen-ager vergine è steso tra il roast beef, e la sua pelle glabra è sporca di sangue. Il bianco sopra di lui gli riempie la bocca di carne cruda, mentre un secondo lo tiene fermo stringendogli i polsi. Liquido rosso cola dentro le sue orecchie. Tutti masticano colla. C'è chi lascia cadere gocce dense dentro narici dilatate per poi crollare sul posto. Un giornalista senza calze vuole che qualcuno gli cali i pantaloni. La musica è alta e nessun tipo di conversazione è possibile. Lilì mi porta con sé. Prende la mia mano e mi conduce al piano di sopra.

"Qui staremo più tranquille", esordisce la bagnatissima nobildonna che stanotte per me ha indossato il n. 4 senza niente sotto.

"Lana è così troia che provo simpatia per lei." Accavalla le gambe, allarga la scollatura, si accende una Silk Cut. "Misty, mi vuoi un po' di bene?"

Nel sogno la nigger mi era sopra e ansimava sofferente. Puzzava di selvatico e provavo schifo e odiavo il mio ventre contro il suo, la nausea mi avvolgeva, desideravo ucciderla con grazia e riporre il suo corpo dentro un pallone di plastica da lanciare dalla finestra.

Lilì mi offre una Silk Cut aspettando risposte.

"Misty, sii sincera, mi vuoi un po' di bene?"

Della plastica da regalare al vuoto.

"No, Lilì, non ti voglio bene." Mi alzo e scendo al piano di sotto lasciandola sola. Thomas e Lana sono sempre

alla parete, la mia drape è sudicia e Nick Cave non sa nemmeno che esiste, due dame rosse vestite uguali mi versano
addosso del vino italiano e si scusano devote quando prendo due bicchieri pieni e rovino il loro trucco. Il giornalista
senza calze vuole confidarmi la sua impotenza, non fa sesso
da una vita e cerca solo qualcuno così gentile da calargli i
pantaloni.

"Perché non me li cali tu?" sorride sempre.

"300 sterline," sentenzio bevendo dalla bottiglia coca
calda.

"Ok, 300 sterline."

Lascio cadere la bottiglia bagnandogli le scarpe. Sfila i
soldi rassegnato e incazzato insieme, poi si mette in posizione perfettamente verticale, gambe leggermente divaricate.

"Chiudi gli occhi che viene meglio. Chiudili bene e conta fino a cinque." Esegue servo le istruzioni e conta lentamente. Al tre sono già da Lilì e le dico dài andiamo che
mi sono rotta il cazzo e questa gente non fa per me.

"Vai da sola. Cosa cerchi ancora da me?" Si è tolta il n.
4 ed è stesa sul divano completamente nuda. "Accendimi
l'ultima sigaretta e sparisci."

DESTROY N. 13

"A volte sento il bisogno di guardare il mare. Fumare
del Lovers X e starmene immobile." Labelle è al telefono
e sono le 27.30. "Dove abita mia madre c'è il mare e quando sono da lei il mio tempo lo passo sulla riva fumando Lovers X."

"Cosa fai per vivere, Labelle?" Classico, lo so, ma la cu-
riosità è mia sorella.

"Se ti dicessi che sono un'ultraputtana da night-club cosa penseresti... eh, Misty?"

"Adesso dalla mia finestra preferita posso vedere la porta del palazzo davanti aperta, la quarta porta, sulla soglia c'è un uomo, ben vestito, bel viso, forse 70 anni, forse nonno, maglione nero, guarda fuori la gente passare come nei migliori paesi di campagna, osserva tutto seduto sopra una quattro ruote del cazzo, vicino a lui c'è un'altra persona, molto più giovane, strano sorriso, testa leggermente piegata, riga da una parte... hai presente *Mongoloid* dei Devo?"

"Misty, che cazzo c'entra tutto questo con il fatto che sono un'ultraputtana che fa marchette da millenni e si fa scopare da chiunque ne abbia voglia, e a volte fa del battage gratuito solo perché vuole sentirsi qualcuno addosso, sai tutte quelle stronzate sul senso di protezione, sulla solitudine e ancora, ancora..."

"Mi piacciono le ultraputtane e poi già lo sapevo. Chi si vende ha sempre criceti in casa e limoni come i tuoi, e comunque mi va un'amica come te, e l'altra notte mi è piaciuto dormirti vicino, e balli divinamente sotto la pioggia."

"Ti parlavo del mare. Lo hai mai bevuto?"

"Involontariamente sì."

"Hai mai bevuto cose da non bere?"

"Ho già risposto, solo involontariamente."

"L'acqua del mare sa di terra quando la mia bocca ne è piena e so che sarà così... sarà così quando morirò, sarà come avere la bocca piena di mare."

"Labelle..."

"Sì, Misty?"

"Promettimi che in tutti i temporali mi terrai con te e ballerai per me sotto la pioggia, e se me ne andrò da qua o te ne andrai tu nei temporali più incazzati ci cercheremo... ok?"

"Ok, Misty..."

DESTROY N. 14

Covent Garden, ore 11.14. Cyd Jouny alla caviglia, collant rosa, basco di lana. Sei gradi. Niente sole né cielo da cartolina. Cammino da diversi chilometri pedinata da un nano da circo in doppiopetto bianco e stivali al ginocchio. Cerco riparo al Body Shop e roteo meccanica attorno allo show-room delle essenze floreali. Annuso asticelle di vetro, ne infilo una al muschio bianco nel naso. Il liquido scivola in gola, la commessa non approva ma non si muove. Ne infilo una seconda alla rosa tea nel primo orecchio disponibile e una terza in bocca. Il nano mi osserva attraverso il vetro. La commessa mi indica l'uscita e si riprende le asticelle dopo aver indossato guanti sterilizzati. Di nuovo in strada. Ieri notte ho cercato Labelle alla stazione, il venerdì fa battage lì dalle 22 alle 27, ma non c'era ed era così freddo che ho rubato il cappotto a una ragazzina fuggiasca e adesso i sensi di colpa mi mordicchiano la pancia e farei bene a tornare stanotte e restituirglielo. Entro da Shelly per comprare scarpe divertenti da indossare al compleanno di Mary, grande festa all'"Appleseed" dalle 20 alle 20 del giorno dopo. Scelgo delle Five Star catarifrangenti tripla para creeper. Passeggio a lungo davanti allo specchio. Alzo la gonna e decido che le metterò con degli slip di lycra verde, che colorerò i capezzoli di giallo e disegnerò un sacro cuore sul gluteo destro. La fuggiasca dormiva profondamente e non si è svegliata quando maestra le ho sfilato il cappotto. In stazione ho visto anche due ragazzi fare l'amore sopra una panchina di marmo, ho visto anche una nonna innaffiare le sue orchidee riparata in un angolo sporco d'urina, ma Labelle non c'era e ho cercato anche nei cessi, e il puzzo ha paralizzato le mie narici e ho trovato solo sangue raffermo a terra e un assorbente interno usato, appeso a una maniglia. Sto ancora passeggiando davanti allo specchio con la gonna alzata e questa volta il nano mi è dietro e sorride compiaciuto, e in lui intravedo una sorta d'ammirazione celestiale. Adesso si presenterà e dirà il suo nome allungando la piccola mano e io dovrò contraccambiare.

"Posso pagare le tue scarpe?" esordisce lisciandosi la frangia lucida e allungando come da copione la piccola mano. "Mi chiamo Man Ray."

"Io sono Misty, ma queste Five Star le pago io, se non hai nulla in contrario." Mi avvicino alla cassa, ma lui più veloce allunga i soldi e insiste. "Se la metti così accetto, però adesso devo andare, ciao e alla prossima." Provo ad allontanarmi ma mi blocca prendendomi per la maglia.

"No aspetta, un Quinoa insieme me lo concedi?"

Il muschio bianco mi solletica la gola, penso a Labelle.

"Qui di fronte, però, non ho voglia di camminare." Accendo la terza Gauloise.

"Benissimo." Si allaccia il primo bottone della giacca orribilmente bianca, sputa a terra, rimette il portafogli in tasca. "Sono molto ricco." Inizia così la nostra conversazione al Quinoa. Siamo seduti uno di fronte all'altro e il cameriere che ci serve è indiano e non ha capelli.

"Sei ricco, e allora?"

"Allora anche se sono un ridicolo nano ho talmente tanti soldi che posso comprarmi tutto, anche Misty, se voglio." Beve il Quinoa tutto in un sorso. Accendo la quarta Gauloise.

"Se ti dicessi che anche io sono così ricca che posso avere l'impossibile e pagare un fottuto killer professionista e con la forza del pensiero farlo apparire qui, adesso, in questo momento e farti saltare la testa? Cosa penseresti?"

Liscia ulteriormente la frangia lucida e inizia a ridere isterico dilatando le narici e continua a ridere forte piegandosi fino a terra senza controllo e rotola sul pavimento in un'ilarità indecente. L'indiano si paralizza terrorizzato. Il tavolo cade e il mio Quinoa con lui. Il nano striscia in delirio. Cerca di alzarsi ma ricade e rotola sghignazzando suino e sudato, frangia distrutta, giacca completamente macchiata di Quinoa, cenere, polvere. S'irrigidisce tra convulsioni splatterose. La fine. Devo trovare Labelle. Cerco lucidità pensando a lei invisibile da giorni. Nella borsa ho ancora il cappotto rubato. Prendo le Five Star ed esco in strada correndo.

PHONE DESTROY

Ti stai eccitando perché la mia voce intona immoralità di uno strano lirismo. Un mistico sporco rosso porno. Non sono nuda nel mio letto. Ho già ripetuto troppe volte che non sono nuda nel mio letto. Pagami e forse lascerò che la tua amica mi spogli lesbica. Al di là del filo. Stiamo parlando caldi. Al telefono. Sento che potrei innamorarmi di te se solo mi mordessi i polsi. Non riesco ad immaginare il tuo viso. Non riesco. Hai baciato il tuo migliore amico mentre una donna puttana guardava e ti è piaciuto. Cerchi emozioni e ti riesce bene. Vorresti toccarmi perché mi senti pronta. Pronta a giocare con la vostra nausea. Mi dici che lei sta male perché ha voglia della mia carne femmina. Mi dici che strofina il suo giovane ventre contro gli spigoli del tavolo. Mi dici che cerca di sbattersi il videoregistratore. Che cerca di sbattersi le tue scarpe. Il dalmata di ceramica. Il computer portatile. Sento violenti rumori e tu che le urli di spegnere ogni luce e di avvicinarsi slave alle tue gambe. Vorresti toccarmi perché ti eccita la mia voce vergine. Posso pensare come una bulimica repressa e infilarmi due dita in gola. Posso pensare come un'annoiata moglie stanca e aprire le gambe. Sento altre violente urla prima di addormentarmi con il cordless tra le mani. Un mistico porno rosso

50

sporco. Un mistico sporco rosso porno. Un porno sporco rosso mistico.

JEFF BUCKLEY DESTROY

Sto bevendo del collutorio. Labelle parla di cose da non bere e il collutorio rientra nella lista. Le telefono continuamente ma non risponde. Da troppo non risponde e se riesco a finire tutta questa menta non commestibile compro il primo taxi e la cerco a casa per raccontarle cosa si prova a baciare liquidi insoliti, e sono sicura che lei approverà e si scolerà gemendo il suo Plax alla mangaroca. È bella Labelle in mutande. È morbida quando cerca di corrompermi. È troia quando si vende come patatine nelle stazioni porche e pubbliche. Telefona Mary per comunicarmi che la cosa non la diverte più e che le 100 giornaliere stressano il suo mensile da nobildonna mantenuta.

"Misty cara, questa settimana dovrai solo spazzolarmi i capelli cantando *So Real* di Jeff Buckley e sussurrarmi in modo ambiguo sei la più bella del reame, prima nell'orecchio sinistro e poi in quello destro, il tutto per 20 minuti. Penso che 50 sterline possano bastare. Non credi, mia inquieta amica?"

Getto il collutorio nel water e mentre tiro l'acqua rispondo che la storia può interessarmi ma che ne voglio subito 200 per memorizzare magistralmente *So Real*. Cosa non da poco. Convengo. La mia memoria ultimamente è così fredda da non rivolgermi parola e dovrò regalarle almeno 20 milligrammi di fosforo cubano per convincerla a rimanermi vicina.

"Ok Misty. Affare fatto, 200 subito e 50 a fine lavoro, ma si inizia domani e hai solo stanotte per ascoltarti Jeff Buckley... a minuti arriverà un pony express di fiducia con il cd... capito, Misty? Tutto chiaro? Solo stanotte. Domattina ti voglio nel mio cesso. Nel mio ipercesso personale."

Intravedo altro collutorio sopra lo specchio e le rispondo alunna solo dopo averlo lanciato dalla finestra.

"All'alba sono da te."

Il nano compra Misty. Mary paga Misty. Misty non vedrà Labelle perché non ha deglutito pazientemente tutto l'antisettico. Misty piange in ginocchio davanti al lavandino. Misty non risponde al telefono e rimane con le mani tra i capelli. Le macchine calpestano asfalto illuminandolo a giorno sotto la finestra. Processione serale già conosciuta. Le auto nervose in strada cariche di stronzi stanchi.

"Mi vuoi bene?" Lilì romantica nel suo n. 4 si accarezzava e cercava amore aspirando puttana Silk Cut londinesi, senza indossare niente sotto, e tutto questo per me. Qualcosa tutto per me. Fino in fondo. Raggiungo strisciando il cordless abbandonato sul tappeto e la chiamo per dirle che un po' di bene gliene voglio e che forse è amore e che alla festa di Lana non ragionavo perfettamente. Credimi, non voglio perderti. Non so nemmeno io perché non voglio perderti. Risponde Thomas con fare assonnato, e quando sente la mia voce riaggancia cattivo. Le auto in basso accompagnano padroni a casa da mogli in attesa fumanti come pollo cucinato a tempo debito. Spesso c'è chi ti aspetta la sera a casa. Raramente sei tu il primo ad accendere le luci in cucina. Il pony express arriva sudato con il cd e la ruota anteriore della bici. Catarifrangente e tenero allunga la posta incuriosito dalle mie lacrime.

"Stavi piangendo cazzo stavipiangendocazzo." Cosa rispondere. Suggeritemi risposte efficaci. Giusti comportamenti. Equilibrati discorsi. La mia porta è aperta e lo lascio entrare. Accomodati sul tappeto e non far caso ai non mobili, accetta le Guinness che ti offro e molla la ruota proprio dove vuoi. Come un'ombra Pool leggi i miei pensieri e ora sai che potrei anche abbracciarti e raccontarti tutta la mia vita.

"Mary è simpatica. Lavoro spesso per lei e so che anche tu lo fai." Controllo le lacrime nel compact della Lancôme. Ha un buon odore e la T-shirt come la mia. La musica che ascolto ti rende indifeso, dici lasciandoti cadere vicino. Tocco i tuoi capelli.

"Mi chiamo Liam."

"Mi chiamo Misty e notti fa ho liberato Dragon Ball e ora ne sento la mancanza."

Coccolami come farebbe una madre dal grande seno rassicurante. Non aver paura. Fallo e basta. Racconti che hai ferito un amico ieri sera ad una festa drogata. Hai perso la testa. Lui ti accusava di egoismo frocio e allora hai rotto la sua bottiglia e lo hai sfregiato rabbioso in viso. Sarai punito per questo e i rimpianti non servono. Ora. Lavori per Mary come me. Le lecchi le cosce livide di terrori domestici. Il marito la picchia per farla star bene. Lo sappiamo. Insieme. Su Mtv il video di Jeff Buckley scivola carnale. Ti fa sesso. Un po' frocio lo sei, ma la tua lingua mi piace. Ipnotizzata dai tuoi baci. Sai accarezzarmi, Liam. Sentimentalissima serata di un'intensità inaspettata. Le cose migliori arrivano senza preavviso. Tra le gambe.

APPLESEED DESTROY

Jeff Buckley abbassa la testa e sussurra *I Love You*. Il pomeriggio è alla fine. Si accendono i lampioni come piccole lune nella nebbia. Telefonata sticker per me. Bacio il cordless con la bocca che sa di Gore 3941 e ripeto *I Love You*.

"I love you," sono in linea.

"I love you, Ketty, la Paddington è tappezzata da adesivi con il tuo numero di telefono, sei una puttana, una massaggiatrice thailandese o una ipocondriaca con fobie strane?"

Ripeto, i lampioni si accendono come piccole lune nella nebbia, la mia bocca ha aspirato nobile del Gore 3941, a minuti l'Appleseed mi aspetta per il compleanno di Mary, grande troia del momento. Ieri notte io e Liam abbiamo fatto l'amore sotto le stelle e stamattina i capelli di Mary godevano docili mentre cantavo *So Real* inventandomi le parole. Forse amo Liam, forse l'amerò qualche giorno, forse per tutta la vita fino a che morte non ci separi.

"Massaggiatrice thailandese," gemito con respiro.

"Avrei tanto bisogno delle tue mani sulla mia schiena, Ketty, ma solo se usi smalto nero lucido e solo se la tua pelle profuma di fiori esotici e frutti tropicali."

Stamattina ho comprato fiori rosa da un albanese con la dentiera in mano. Vendeva solo margherite di nylon rosa e la sua maglia era rosa a maniche corte, nonostante temperature polari, e la dentiera era rosa e dormiva sul suo palmo scuro e spesso, prima che la infilasse in bocca per darmi il resto.

"Profumo di rose rosa e il letto dove ti stenderai ha lenzuola rosa, e ti accarezzerò indossando guanti di seta nera, e sarò dolce quando sfilerò maestra dagli slip una lama lucente per tagliare la tua gola e tu non reagirai perché la dolcezza è silenziosa, e ti addormenterai prima di assaggiare il sapore denso del tuo sangue..." Continuo a parlare reikiana riempendomi i polmoni e l'anima di languido Bubble, ma nella Paddington hanno già tagliato i fili della conversazione. Liam dice che ho labbra morbide quando bacio.

APPLESEED DESTROY

Arrivo all'Appleseed completamente in Galaxy 999 e parlo radioattiva con chiunque ne abbia voglia, un po' come Labelle: con chiunque ne abbia voglia. Prima di entrare abbraccio un nigger in Russel e Nike. Rimaniamo abbracciati a lungo e lui mi accarezza i capelli quando piango per l'amica scomparsa e per Lilì che non ne vuole più sapere di me.

"Misty, ma che fai lì, e come sei vestita! Sei fuori completamente, accidenti!" Mary arriva in tacchi a spillo sculettando battona, niente reggiseno, top di rete verde, fianchi fasciati da maglina elastica dello stesso colore, toupet idrofilo, laccio emostatico in lattice iridescente al collo, vene gonfie e viola. Non so che cosa ho addosso, a parte il Galaxy e i muscoli nigger dell'atleta in Russel.

"Misty, vieni con me..." Mi tira violentemente facendomi cadere sull'asfalto bagnato. Quando mi rialzo sento il sangue scendere sulla guancia sinistra e allora lo tocco e poi passo le mani sporche sulla T-shirt bianca. Dieci minuti dopo sono nella toilette dell'Appleseed e mi ritrovo verticale davanti allo specchio rendendomi lucidamente conto che le nuove Five Star pagate dal nano non sono con me, come i capezzoli gialli e il sacro cuore tatuato sul gluteo migliore. Ho ancora addosso la drape Nick Cave, la T-shirt splatterata e il perizoma HHPTT.

"Misty, devi smetterla con quel Galaxy di merda, e poi sono fuori di me perché *So Real* l'hai cantata da cazzo stamattina e ti sei inventata l'80% delle parole."

Inizio a parlare con un'adorabile bionda dalla voce squillante, la taglia imponente e delicata imprigionata in uno scintillante busto di rame, dalle mosse elastiche e nervose di gatta, azzimata e dorata di straordinaria grazia che si presta serva e amorevole nel rifare il mio maquillage. Mi siedo a gambe incrociate sul marmo freddo del lavandino, chiudo gli occhi e rimango così tutto il tempo necessario. Mi piace farmi truccare da donne fantastiche con tutti i cm a posto e le movenze parigine. Disegna abile un gabbiano in volo nell'interno coscia, vicino all'inguine, e mi tocca tenera sussurrando a mezza voce che le mie labbra sono morbide e il primo cesso è libero e il suo water è ricoperto di peluche oro. Le regalo del Bubble scaduto e controllo minuziosa che il maquillage sia di mio gradimento.

"Sei stupenda, Misty." Liam bacia la mia drape.

"Ti amo, Liam." Mi accorgo di quanto magro e affascinante sia.

"Ho comprato un porcellino d'India nero. Vorrei regalartelo." Bacia lo zigomo sanguinante e infila la mano sotto la mia maglietta dopo essersi sintonizzato sulla mia frequenza mentale.

"Il secondo cesso è libero e il water è ricoperto di peluche argento..." La bionda indossatrice internazionale si toglie il reggiseno e entra nel primo trascinando famelica Mary. Forse incontrerò Thomas e Lilì stanotte. Una maestosa e fosca bruna dal grido rauco, dalle reni possenti prese in una corazza di ghisa è piegata riverente sul lavandino perdendosi in conati di vomito blu elettrico.

APPLESEED DESTROY

"Bere Smith Cats mi eccita come niente al mondo." A parlare è un mangaka milanese in tuta di neoprene. "Bevo Smith Cats dalla nascita e niente mi eccita tanto."

Entro in collisione con chiunque mi sfiori. Precario equilibrio, frequenza mentale distorta, pupille dilatate nel buio strobico saturo di note dub e alcol legale come ansiolitici da farmacia di turno.

Alla fermata di Notting Hill Gate ho visto due anziani in tuta ginnica baciarsi appassionatamente, il cane al guinzaglio, le dita tremanti. Thomas e Lilì ballano e le loro carni si colorano acidamente sotto la luce ammaestrata. Thomas le tiene i fianchi e lei ondeggia sonnambula divaricando le gambe in un appassito battage bagnato. Le morde il collo umido, le succhia i lobi bucati, sigilla il proprio corpo contro il suo penetrandola mentalmente sotto il sintetico dei bagliori strafottutamente troppo festicciola viziosa. Mary esce dalla toilette e le sue vene sono ancora più gonfie e viola.

"Vorrei anche io dello Smith Cats. Misty, saresti così carina da ordinarne uno per me?" Il top di rete le è stato strappato in diversi punti e la sua pelle è sporca di rossetto biondo.

"Buon compleanno, Mary."

Il mangaka le tocca il seno sussurrandole qualcosa all'orecchio.

"Allora, Misty, devo ripetere tutto 100 volte?"

Vorrei un'arma, datemi la prima lancia indigena che trovate, che io possa trafiggere il suo ventre! Inserisco alla meglio il comando impartito e mi dirigo slave al bar.

"Uno Smith doppio corretto con dell'alcol puro e del gin, grazie."

Il barista esegue amorfo e porge il tutto con distinti saluti. Correggo ulteriormente con del Violence Jack sopravvissuto incolume nella tasca interna della drape Nick Cave e mescolo il tutto utilizzando una bic trovata a terra. "Grazie, sei un tesoro." Beve assetata esclamando oddio che bomba, oddio che esplosione, questo Smith Cats è veramente eccitante. Il mangaka la esorta ottuso e in pochi minuti tutto il liquido è nel suo stomaco.

"Voglio ballare, fatemi ballare!"

Il mangaka inizia a farla girare freneticamente e a secondi so che cadrà a terra tra cenere nicotinica.

"Misty, stai tremando."

Liam fissa la Gauloise vibrare. Mary cade a terra. Il mangaka se ne frega e inizia a ballare con un clonatissimo americano fotomodello mondiale, tuta in neoprene e carbonio. L'adorabile bionda dalla voce squillante flirta porno con un'attricetta da varietà; e quando mi è vicina mi manda a fanculo tirandomi dello champagne addosso. Mi dirigo cyborg alla toilette e la fosca bruna dal grido sordo e rauco è ancora piegata riverente sul lavandino in preda a conati di vomito blu elettrico. Jeff Buckley abbassa la testa e sussurra *I Love You*.

MAIL DESTROY

"Cara Telly, mentre ti scrivo ascolto *No Love Lost* e vorrei piangere, tanto certe note mi commuovono quando penso a persone lontane. Come te. Telly, mi manchi da morire e vorrei stringerti forte. Vorrei farti male e rimanere tra le tue braccia minuti infiniti. Questo mio bisogno d'amore mi terrorizza sempre più. Vorrei tanto e tanto ancora. L'impossibile e 1000 tenere parole nei miei sogni. Ho conosciuto Liam e qualcosa di speciale ci unisce fino al romantico. Alla tv c'è una partita di basket senza audio e facce nere in canotte rigate, e un orso che batte le mani e pannelli optical della Nike. Telly, mentre scrivo lo swatch segna le 25 e ho nella mano sinistra il Wahl Taper di Conrad che accarezza la mia testa e capelli lucidi cadono sul foglio bianco. Quando questa lettera sarà alla fine potrò contemplare il lucido del mio cranio glabro, un po' come Sinead O'Connor, un po' come non avere più niente a proteggere i miei pensieri. Fottuti pensieri. Il tempo sta cambiando isterico i suoi ritmi, non so se riesci a capire cosa si prova ad avere la bocca piena di mare. Labelle parla di morte, io la fine la sento sfiorando la mia faccia. Tutto come una sequenza nipponica di un manga erotico. Tutto come leccare marmo gelido nel silenzio. Tutto come lanciarsi nel vuoto dopo aver pregato in ebraico. Tutto come desideri nascosti nell'acqua. Mi manchi, Telly, e mi mancano Liam e Thomas e Lilì e Labelle che forse sta dormendo in qualche stazione sognando criceti affamati. Sto toccando la pelle della mia testa e adesso alzerò gli occhi per adorarne la forma. Telefonami stanotte. Tua Misty."

DESTROY N. 15

"Guardami negli occhi." Nell'oscurità le sue pupille si dilatano. Alice sogna viaggi nel paese delle meraviglie.

"Liam, è freddo e le pile del mio walkman sono scariche." Appoggio le mani sul cranio nudo. Liam inizia a insultare un clochard minorenne che tenta di vendergli per poche sterline una protesi in metallo. Alice precipita urlando e ripete ad alta voce quanto sia incredibile attraversare la terra. Tutto così vero, così maledettamente reale, penso slacciandomi nervosa lo swatch e tirandolo contro il muro. Lo calpesto fino a distruggerlo, Liam ci piscia sopra, strattonato a ripetizione dal clochard.

"Smettila o quella protesi te la infilo in gola." Il ragazzino continua a tenerlo per la giacca e tira stronzo e magro.

"Liam, andiamo via, c'è un puzzo tremendo e il tipo ha solo fame." Alice rincorre il coniglio bianco tra fiori fantastici. Un prete in piumino nero arriva a benedire i fottutissimi tramp stesi a crepare nel freddo.

"Padre, mi lecchi il culo, sto male." Gli afferra la caviglia nera lasciandosi trascinare sull'asfalto il nonno anoressico in calzamaglia militare.

"Padre, mi lecchi il culo e porti il vino della sua chiesa che festeggiamo insieme." Il prete continua il suo percorso avanzando a fatica, sempre con l'uomo agganciato prepotente alla gamba.

"Che Dio illumini i vostri sguardi." Alice festeggia un non compleanno e beve tè in ceramiche da matrimonio.

"Misty, guardami negli occhi e dimmi che rimarrai con me stanotte." Le sue pupille si dilatano nel buio.

"Vi benedico tutti, fratelli, che la fede salvi le vostre anime."

"Liam, hai mai letto *Alice nel paese delle meraviglie*?" Acqua sacra bagna i nostri colli. Accendo il resto di una Gauloise e gli passo il libro di Carroll dalla copertina bruciata. Ho giocato con lui giorni fa. Appoggiavo la fiamma al cartone lucido della copertina e annusavo il bruciato che saliva lentamente nelle narici.

"Misty, non so leggere." Ci sediamo sulla prima panchina e iniziamo a baciarci.

DESTROY N. 16

Lampi e tuoni lacerano il cielo. Labelle telefona. Poche parole confuse, nessuna spiegazione.

"Creamy Mamy ha voglia di vederti, passeggia sulla tv e continua a ripetermi che ti vuole qui con lui. Fuori piove, il nostro patto è ancora valido, vero?"

Brucio l'ultima pagina di *Alice nel paese delle meraviglie*, ma prima che tutto si trasformi in cenere leggo l'ultima riga e l'annoto con il rossetto sulla parete: " ricordo della propria infanzia e delle felici giornate d'estate".

"Labelle, ti ho cercato."

Passo la fiamma tra le dita, lascio che si riposi sotto il mio palmo.

LOS FABULOSOS DESTROY

Quella stanza dove specchi si facevano riscontro e si rimandavano a perdita d'occhio sfilze d'alcove color rosa, era stata celebre nel mondo delle sue frequentatrici, le quali prendevano gusto a immergere le loro nudità in quel bagno di tiepido incarnato che profumava l'odor di menta sprigionato dal mobilio.

"Labelle, quanti specchi, è pieno di merdosi specchi dappertutto, negli spigoli, a terra... cristo, questo è fuori..." Siamo sdraiate comodamente sulla Frau milionaria dell'aviatore ex ballerino quotatissimo, nuovo cliente francese di Labelle. Niente a che vedere con i soliti affamati, alienati, operai e caste simili, puntualizza orgogliosa ripassandosi la matita sulle labbra già troppo cariche di colore. L'uomo è nell'idro da secoli e non accenna ad apparire. Rubacchio sistematicamente e in modo annoiato argenteria svizzera e qualche orologio da donna dal primo cassetto di un mobile basso di bianco laccato.

Labelle esclama: "Guarda che divano e che soffitto da vertigini ci farei soppalchi da incubo, Misty molla la spilla, è della moglie e vale 1000 affitti, e metti su il cd dei Los Fabulosos Cadillacs che mi vanno 5 minuti e 33 secondi di *Mal Bicho*".

Guardo le mie mutande di pizzo verde stampate sul pavimento e faccio ondeggiare il perimetro della mini iper inguinale, saltello bambina sulle Five Star.

"È la 6, non la 5, la *sei*, cazzo, non indovini mai."

Rifletto asettica che dei Los Fabulosos non me ne può fregare meno e faccio scendere gli slip contemplando curiosa. In una teca di vetro pesci meccanici nuotano schizzati nell'acqua tinta di rosa pallido. In una seconda illuminata da un sottile neon rosso, un'iguana scura dorme appoggiata ad un tronco. Sotto, sassolini e qualche mosca in plastica.

Disegno ombre sulla parete muovendomi davanti a un'orribile lampada a stelo, "vero gioiello di design svedese," ripuntualizza Labelle sempre alle prese con un maquillage che non la convince e che continua isterica a ritoccare.

"Labelle, sembri una puttana d'autogrill, così." Il cliente esce dall'idro fasciato in spugne bianche e chiede a Labelle di avvicinarsi. Quando gli è vicina lui appoggia una mano sulle sue labbra e inizia a muoverle pesantemente gli zigomi, la fronte, il collo. La crema del rossetto si ferma sul bottoni della camicia che lui strappa ridendo. Le chiede altro colore e Labelle ora è senza reggiseno e rimane rigida quando lui le scrive *merda* attraversandole i seni.

"Voglio che tu scriva *fottimi* sul mio cazzo, Labelle, e quando lo fai devi tenere una banana in bocca e recitare questa poesia di Baudelaire." Labelle esegue maestosa, lui le tira i capelli e ansima forte e urla fottimi tutto, fottetemi tutti quanti e poi s'irrigidisce e inizia a sbattersi contro il divano, "ecco, questo collassa," penso immergendo il braccio nell'acquario, cercando di afferrare il pesce meccanico più piccolo.

"Labelle, scrivi *scopami* sulla schiena e cerca di infilarmi il tagliacarte nell'orecchio, e chiama la tua amica che mentre tu fai tutto quello che ti ho ordinato mi vanno le sue gambe aperte sul tavolo e mi va la sua voce che ripete lentamente ma molto lentamente 'tua moglie sta arrivando, tua moglie è alla porta...' ... ok?" Non riesco a prendere il pesce e Labelle mi chiama, e rispondo che per lei posso farlo ma una volta a casa dovrà ballare per me sotto la doccia.

DESTROY N. 17

Victoria Station, ore 16.15, il tramp parla in passé simple francese, raffinatissimo nelle quattro camicie sovrapposte. Semibarba, alito alcolico. A centimetri la Jaguar lucente parcheggia nobildonne coperte di animali a pelo raso. L'autista saluta riverente e attende che il taxi apra frettoloso le portiere nere posteriori e accolga premuroso le dame prima di partire.

"Una volta avevo anche io una macchina così e ci dormivo dentro quando ero troppo sbronzo per guidare..." Pori dilatati, rasatura carceraria, stella a cinque punte tatuata in fronte.

"Posso sedermi vicino a te... sono pulito... senti, non puzzo." Si attilla a millimetri e aspetta che annusi la sua povertà, ma è solo alcol quello che sento, e certo che puoi sederti, fai come fossi a casa tua, sto aspettando amici e ho freddo come te e forse anch'io avevo una macchina simile tempo fa.

"Le tue calze sono bucate." Sulla coscia destra una smagliatura di considerevole diametro lascia intravedere pelle bianca e liscia.

"Le ho comprate così, costano il doppio ma ne è valsa la pena, non ti pare?"

Sconcertato accenna una smorfia buffa e ubriaca, poi dalla tasca dei pantaloni estrae nobile del vino dentro una bottiglia di acqua borica e cerca di offrirmi "un goccio" che ti riscaldi, ti assicuro funziona. Rimaniamo in silenzio. Altri tramp passano tremando e allargano meravigliati gli occhioni rossi alla vista dell'amico in compagnia della fanciulla in gonna corta e stivali al ginocchio.

"Ma guarda chi si rivede. Ci presenti la tua nuova amica?" A secondi ci sono vicini e il più basso saltella arrogante e si pulisce il naso nella manica del cappotto, poi si gira e dice vaffanculo al passante in 24 ore e sputa tre volte. Apre il cappotto. Sotto, solo pelle, e una cicatrice verticale a partire dal collo fin sotto la cintura di pitone.

"Bella, eh?"

"Bella cosa?"

"Questa!" Passa avido le dita sul serpente. "Fottuta da Harrods, fottuta da Harrodsmerdharrods, Harrods di merdaaaa!" sghignazza. "Passami dell'acqua borica che mi purifico lo stomaco."

Sigillo la giacca. Apro la Freshjive da viaggio. Adesso fumo del Lovers X e aspetto che qualche poliziotto mi arresti.

"Che cazzo fumi?" Il primo tramp si alza di scatto e tossisce.

"Fammi fare un tiro," esordisce Cicatrice Verticale alzandosi tutto eccitato sulle punte. Non rispondo e continuo di Lovers anche se non ho pranzato e il fumo mi stona immediatamente e completamente quando non ho pranzato.

"Andiamocene che con questa stronza sono casini." I due se ne vanno imprecando. Il primo mi rimane vicino.

"Se la cosa non ti offende, vorrei il tuo indirizzo... potrei scriverti qualche lettera..."

Liam è in ritardo di trenta minuti. Altri taxi si fermano per ripartire una volta carichi di valigie e idioti. Odio, in questo momento, odio. Il Lovers corrompe la mia frequenza mentale. Ieri Labelle si è bagnata sotto la doccia e ballava bene esibendo il *merda* a rossetto stampato sui seni. Lei ballava e io ripetevo urlando "tua moglie è alla porta, tua moglie sta arrivando..." seduta sul tavolo, con il criceto Creamy sulla spalla. TO BE CONTINUED...

DESTROY N. 18

Così reale, così maledettamente vero. Leggo favole per distruggerle subito dopo. Righe e righe di parole fantastiche in fiamme. Fuoco e sogni. Bruciare la fantasia appena questa ha sfiorato con le sue ali il mio cuore. Romantico, non trovi? Schizofrenica voglia di non reale. Magnifica e incontaminata nuvola avvolgimi calda fino alla fine del mio tempo. I capelli di Mary da accarezzare una volta al giorno per 50 sterline sono pronti, e lei è seduta su un cavallo a dondolo appeso al soffitto e sbatte la testa ribelle come un fantino da Palio idiota.

"Usa il pettine di legno, quello con il manico lungo e spegni la sigaretta. Sei orribile così... ma perché li hai tagliati? Un'aliena, un'aliena conclamata, ecco cosa sembri."

Spengo la sigaretta sul polso e il dolore mi riporta nel suo cesso pronta per la prestazione giornaliera.

"Cantami *Melancholy Mechanics* dei Red Hot Chili Peppers, che così penso al surfista conosciuto l'anno scorso a Santa Monica e piango un po'." Cavalca leggera assaporando il pettine e *Melancholy Mechanics*, che canto divinamente perché Mary in pianto mi incuriosisce parecchio. Le lacrime arrivano e appoggia la testa su quella del cavallo piangendo rovinosamente.

"Misty, non guardarmi, esci un attimo, ti prego."

Entro nella camera da letto, apro un'anta dell'armadio a muro, guardo abiti da sera appesi ordinatamente, ne prendo uno a caso e l'indosso. Mi stendo sul 3 piazze profumato di ciclamino e guardo fissa il lampadario, e poi ancora più fissa le tende di seta verde e la camicia da notte abbandonata a terra. Allungo il braccio fino a raggiungere il comodino sulla destra. Il suo. Nel cassetto trovo della vaselina in gel dal tubo sottile verde e bianco. Ne spalmo un po' sul collo. Mary è nel silenzio. Aziono il cronometro. Il ticchettio regolare ipnotizza le mie pupille. Profumo di ciclamini, nauseante e stronzo.

"Misty, vieni." Voce post pianto. "Portami qualcosa di forte da bere."

Penso subito al collutorio.

"Della vodka, della vodka al cocco."

Nel freezer quintali di carne pour animaux congelata. Cubetti di vitello scuro che prendo in mano e tiro in aria. Ne avvicino uno alle labbra, lo spingo contro i denti, il salato e gelido si scioglie lento, lascio che scivoli in bocca e rimango ferma con il ghiaccio che addormenta il palato e la lingua. Bevo cocco etilico, attendo che si ammorbidisca per sentirne il sapore.

"Misty, cosa fai?"

Porgo schiava il bicchiere avvicinandomi amica a micromillimetri. Guardo i suoi occhi, mi sposto sul naso, le tocco il mento, la fronte, apro la bocca e prima che abbia il tempo di reagire attillo le mie labbra alle sue.

PHONE DESTROY

Liam telefona.

"Ciao Misty, tutto bene?"

"Ok Liam, dove sei?"

"Non ho voglia di dirti dove sono, non deve interessarti."

"Volevo solo sapere, niente di più, banale forse, ma i punti interrogativi esistono e a volte li uso."

"Odio le domande, Misty, questo ti era noto o sbaglio?"

"Ho passato del gran tempo a Victoria Station."

"Mi dispiace, ma Mary mi ha bloccato di brutto e così è saltato tutto, cortocircuito animale, ritardo pazzesco, lo so, ma ti giuro che sono arrivato, in ritardo ma a Victoria sono venuto. Tu non c'eri."

"Liam, ti ho aspettato due ore."

"Mi stai angosciando, Misty. Ho già spiegato tutto, mi sembra. Senza i soldi di Mary puttana Mary non vivo, lo sai e continui a imparanoiarmi così, cazzo... proprio tu?"

"Cosa fai per Mary?"

"Misty, se continui così chiudo. Sono storie mie, capito?"

"Cancellato tutto, e poi ho conosciuto un tramp fantastico mentre ti aspettavo e mi scriverà delle lettere."

"Devo salutarti, sono già in ritardo e ancora non ho fatto la doccia."

"In ritardo per cosa?"

"Ripeto, non rispondo a nessuna domanda. Io te ne faccio forse? Rispondi, faccio uso o no di punti interrogativi con te?"

"Lo hai fatto adesso."

"Ci sentiamo una di queste sere... ok?"

"Voglio stare al telefono altri cinque minuti, solo cinque, ho un gran bisogno di sentire la tua voce."

"Sei fuori."

Silenzio, un minuto di silenzio.

"Contenta adesso? Posso andare?"

"Liam, mi manchi."

"Cazzo, terribile."

"Terribile cosa?"

"Stare al telefono così, non ha senso, il silenzio le tue paranoie, bloccarmi in questo modo. Mi sento in ostaggio, Misty, strafottutamente in ostaggio."

"Sei uno stronzo, Liam, quando ti comporti così sei uno stronzo."

"Che altro devo fare, dirti che anche tu mi manchi e stronzate simili. Non mi piace parlare al telefono e in questi giorni sono incasinatissimo, non ho tempo da perdere così."

"Vaffanculo Liam..."

Ha già riattaccato e alla tv parlano di sesso tantrico. Distruggo la macchina da scrivere gettandola nel tritarifiuti.

BAYSWATER DESTROY

È già notte quando suona. Troppo tardi per rispondere. Squilli che non muoiono. Regalami un *pronto*, sembra implorare l'anima al di là del filo, al di là del nulla. Misty, svegliati.

"... pronto..."

"Vieni da me, vieni ti prego, sono al 129 di Bayswater, Kelly, ti voglio da me tra 20 minuti."

"... non mi chiamo Kelly, Kelly non esiste e qualcuno ha giocato con il mio numero di telefono... scusami ma non posso aiutarti, non posso venire da te."

"Kelly, lo so che è tardi e la storia può spaventare, ma ti giuro che ho solo bisogno di parlare con qualcuno guardandolo negli occhi."

"Mi dispiace ma non posso... veramente..."

"Kelly, non lasciarmi, non farlo, se tra 20 minuti non ti vedo premo il grilletto e faccio saltare questa mia faccia di merda."

"E tardissimo e non ho soldi per il taxi."

"3000 sterline, 3000 se vieni..."

"Ok, a minuti sono da te ma solo perché ti credo, voglio dire so che lo farai..."

"Portami della frutta, hai delle mele? Mele rosse... ne hai?"

Il porcellino d'India dorme nel lavandino e scappa quando accendo la luce per vestirmi alla meglio. 29 in punto. Il mattino è pronto e non trovo frutti rossi, solo banane nere svenute da millenni. Cos'è giusto, cosa non lo è, c'è chi ha tentato di spiegarmelo in una vecchia cucina italiana e parlava professore tenendomi le spalle strette e usava parole convenienti ripetendo troppe volte morale e immorale, paradiso e inferno, luce e buio, bianco e nero, tieni cari questi insegnamenti, la vita è dura e tu sei fragile, mia piccola Misty. Per il tuo bene, solo per il tuo bene ascoltami e io slave ascoltavo e lui stringeva sempre più forte distruggendo ogni suono, ogni promessa, il suo bene era solo male e odio e fame di me, la vergine da svezzare come cuccioli bastardi trovati sotto la pioggia, come un angelo che ti regala le sue ali per spogliarsi più veloce e scivolarti dentro mentre ti guardi allo specchio per controllare che tutte le piume siano al loro posto. In culo... girati che lavoro meglio se ti distrai un attimo.

Il taxi arriva e lampeggia. Scendo in strada.

"129 Bayswater Road Road Road Road."

"Dove accidenti vai a quest'ora?"

"Da mia madre a portarle banane ammuffite. È incinta e ha voglia di banane." Le tengo in mano e ne uso una per scrivere *I love you* incidendo l'umido del finestrino.

"Anche mia moglie è in dolce attesa. Due gemelli, il ginecologo ha detto che saranno due splendidi gemelli maschi. Lei ha sempre voglia di sesso, una cosa incredibile." Ride a bocca aperta alzando il volume della radio mentre percorriamo strade semideserte.

Mi aspetta fuori casa in pigiama nero e ciabatte scozzesi, quando gli sono accanto mi abbraccia e bacia le banane ringraziandomi, paga il taxi ed è subito da me.

"Vieni, saliamo, qui è un freddo cane." Forse 35 anni, 1 metro e 80, capello corto biondo, frangia frocia, numerosi anelli, occhi piccoli e vicini, narici larghe, corporatura media.

"Prego, entra, questa è casa mia." Un vero Dungeon mi aspetta oltre la soglia e lui sembra imbarazzato quando mi prende le banane e mi dice accomodati. Le finestre sono oscurate da raso nero, così come le pareti, e dal soffitto pendono catene tenute da robusti ganci. Il divano che mi avvolge è in latex lucido e di forma fallica.

"Posso offrirti della birra, del succo di mandarino, del vino italiano... hai fame? Cucino del riso al curry da infarto." Ha indossato una vestaglia gialla a pois viola e un cappello blu da marinaio.

"Del succo di mandarino, grazie."

"Lo preferisci alla papaya? Prova quello alla papaya, fidati." Avvolge femmina le spalle con uno scialle arancio dalle lunghe frange oro.

"Vada per la papaya allora, mi fido."

Scompare in cucina e lo sento canticchiare *The Bad Side of the World*. Quando torna si scusa senza motivo per un presunto inesistente ritardo, e chiede in ginocchio il permesso per assentarsi 2 minuti.

"Vado un attimo in bagno a lavarmi i denti e torno subito, se vuoi fumare trovi tutto lì dentro." Indica un mobiletto orientale in legno rosso completamente trafitto da aculei in metallo cromato. "È un regalo di un mio amico, un artista cinese veramente geniale," puntualizza orgoglioso sfiorando le punte di metallo.

In effetti trovo di tutto aprendo le piccole ante, dal Bubble Gum Crisis al Galaxy e altro ancora, ma prendo un pacchetto di No Fun a basso dosaggio nicotinico dal filtro nero e la carta verde bic. Ne accendo due, lasciandone una fumante nel posacenere.

Leggo righe a pennarello sul piano del tavolino all'estremità sinistra del divano: "Non c'è inferno, non c'è vergogna, non c'è inferno, come un vecchio inferno e vola il silenzio col suo volo breve, roba da tiro di dadi tagliente come un rasoio".

"Eccomi." Si siede attillato e la sua voce sa di menta e la sua pelle di lavanda e i suoi occhi sono coperti da lenti scure dalla montatura in plastica glitterata.

"Perché ti sei messo gli occhiali? Non volevi parlare con qualcuno guardandolo negli occhi?"

Prende la No Fun dal posacenere e dopo un tiro si toglie il cappello e dice: "I tuoi occhi, non i miei. Quando devo rivelare il mio dolore preferisco proteggermi così. Devi solo ascoltare, non guardare".

Si alza anfetaminico e inizia a ballare agitando lo scialle, urla: "Alza, che *The Voyeur of Utter Destruction* mi manda in paradiso, vorrei scopare tutta la notte con Bowie, datemi Bowie adesso," si sbatte pelvico alzando le braccia e infilandone uno sotto i pantaloni del pigiama, si agita frocio e violento graffiandosi il viso e urlando "alza ancora". *The Voyeur of Utter Destruction* è alle stelle tanto il volume vibra tra i vetri delle bottiglie appoggiate a terra. Si appende a una catena e inizia a dondolare, poi la prende in mano e la tira con forza contro le finestre distruggendole, tira calci dappertutto e frusta le pareti sempre urlando in delirio, "datemi Bowie, datemelo adesso". Distrugge con una mazza da baseball la tv, il mobiletto cinese e qualsiasi cosa gli si presenti davanti. "Alza il volume, ti prego, voglio che questa casa esploda!" Poi cade a terra e si trascina in un angolo piangendo infantile e sussurrando "perdonami, perdonami". Non faccio in tempo ad avvicinarmi per porgergli il mio succo di papaya che la police è già alla porta.

"Kelly, non dimenticherò mai quello che hai fatto per me. Grazie per le banane, e se puoi perdonami."

SPANKING DESTROY

Come chiudersi a chiave in un cubo rosso, come spegnere ogni fiamma, come leccare sangue e lacrime, come abbracciare un amico dolce, come dimenticare il nome della prima bambola, del primo cuore, come tutto quello che hai sotto il culo mentre stai leggendo, gatti che miagolano, porte che non si aprono.

"Mary, fammi entrare, devo parlare con Liam... apri." Seduta sopra un qualsiasi scalino, ascensore a lato, aspetto che si decidano ad aprire e vorrei che il marito di Mary apparisse dal nulla come nelle migliori magie e iniziasse a sparare folle e cose così. La lettera di Telly è arrivata stamattina e nella notte ho sognato un postino in volo che entrava dalla finestra centrale senza far rumore e consegnava servo una piccola busta oro.

"Misty, che ci fai qui?" Quando apre sento odio e odio ancora e la guardo ostile, nascosta dalla vestagliafottutavestaglia e immagino che sotto non abbia nulla e i suoi capelli spettinati e il trucco sfatto e Liam nudo sul tappeto. Entro senza invito e giro rabbiosa insultando cattiva e non me ne può fregare meno del tuo stronzo lavoro, licenziami pure.

"Misty, calmati, non ti sarai per caso innamorata. Gelosa sei gelosa accidenti, ma cosa c'entrano i sentimenti in tutto questo, i patti sono patti, il lavoro è lavoro, senza di me siete finiti, spacciati, lo capisci che non puoi arrivare qui senza preavviso e sclerare così."

Cerco la Ron Arad da 6000 sterline e mi ci siedo sopra, proprio davanti a Liam sempre steso e divertito.

"Ti arrabbi per poco e poi la storia non è nuova. Già sapevi che lavoravo per lei."

Mary si toglie la vestaglia, mi bacia leggera, si lascia cadere morbida sopra Liam e l'accarezza divina e dice:

"Se guardi per oggi sei pagata il doppio, e non dovrai pettinarmi né cantare *So Real*".

DESTROY N. 19

"Ciao Misty, domani parto per L.A. con un produttore un po' porno e un po' stronzo. Ho glutei belli sodi e un seno da rimanerci, giuro. Mi sono fatta tatuare un'aquila reale sulla coscia e un drago rosso sul polpaccio. Il ménage a sei è andato come previsto e la sincronia era in me, fantastico, non trovi? Ho capezzoli magistrali e lui, il produttore, dice che farò strada, chilometri di strada. Ieri sera sono stata invitata a una festa paura e ho conosciuto gente giusta e con uno ho fatto del fist-fucking nella sauna svedese. Indimenticabile, il tipo aveva mani superbe e diversi capelli bianchi. Mentre ti scrivo, Kristen, una ragazza americana, mi sta lubrificando in modo perfetto per i 30 minuti di registrazione che mi aspettano a secondi. Nessuna trama, devo solo correre con un fiore in bocca per almeno 5 minuti, poi devo salire in piedi sopra un tavolo da gioco e rimanerci per altri 10 minuti e per i restanti 15 pulisco un enorme lampadario, al resto pensano loro, la cosa importante è che io sia lubrificata a dovere e in 30 minuti è fatta, quindi se ora sono le 18 alle 18.30 ho finito e dopo una doccia andrò a fare shopping in centro.

Anche tu mi manchi. A presto. Telly."

DENTURE DESTROY

Ha troppo nero sulle palpebre e il mio sguardo curioso sveglia la sua irritabile folle sensibilità. Viaggiamo insieme e occupa i due posti davanti a me con il corpo strano e pile di agende vuote che sfoglia parlando a un amico invisibile che le risponde arrabbiato, suscitando in lei cattivi pensieri subito tradotti in insulti pesanti. Mi domanda cosa ne penso del Natale, e prima che una mia qualsiasi risposta accenni ad apparire ridomanda rigida se la sua presenza mi infastidisce, visto che non le rispondo, e se mi sembra eccessivo il nerofumo che cancella le sue palpebre.

"Sei bella." Solo questo riesci a dire, Misty, la pazzia intriga parecchio menti stanche come la tua. Stai al gioco, instaura una qualsiasi probabile battaglia navale e aspetta che il nonno in cappotto appena salito prenda posto proprio accanto a voi. Rilassati e goditi lo spettacolo, mia cara. Osserva i suoi movimenti secolari, lenti e calibrati, mantieni la calma quando l'amica di viaggio riderà cattiva delle tue scarpe, lascia che gli ultimi milligrammi d'integrità che ti restano permettano a una lucidità che vuole sfuggire di assaporare il seguito. E il nonno prende posto e si tocca i denti facendo scivolare l'indice da un capo all'altro dell'armatura sintetica, interminabilmente, dente dopo dente, passando alle gengive per estrarre veloce una merdosa protesi, che pulisce utilizzando un lembo del maglioncino grigio e controlla meticoloso controluce, ed è proprio quando tutta la sua attenzione è rapita dalla perfezione dell'opera odontoiatrica che lei, la folle, l'agguanta fulminea scappando nel cesso per gettarla nel water e urla "Natale bastardo" prima di tirare l'acqua.

THE WORLD IS A VAMPIRE

Cucina indiana e pakistana alle 22. Shezan 16-22 Cheval place, Montpellier Street, tel. 5897918. Prenota Labelle per festeggiare il compleanno di Bali, cara amica in visita di piacere. Solito taxi contromano, solita luna che prima o poi bacerò. Bali tiene il gomito tra le gambe di Labelle per l'intero tragitto e per tutto il tempo le succhia l'orecchio. Situazione frocia che adoro stasera. Mai provato a succhiare l'orecchio della tua migliore amica? Prova allora, e quando lo fai tieni il gomito dove sai e fa' sì che gli Smashing Pumpkins ti eccitino come non mai con la loro *Bullet With Butterfly Wings*.

Bali alza la gonna di Labelle e abbassa la testa sulle cosce e lei le dice "Ti amo, piccola".

Shezan, ore 22 "Sediamoci composte," esorto prendendo il coltello dalla tasca e composte lo siamo, e come lo siamo.

"Misty, stasera sei splendida."

"Grazie Labelle, anche tu lo sei, veramente." Trafiggo la tovaglia con la lama e proseguo con un taglio regolare avvicinandomi a Bali che mi sfiora tenera.

"Sai fantastica, Bali," canta Labelle togliendosi il reggiseno e appoggiandolo al centro del tavolo.

"Sei fantastica, mia piccola," risponde l'amica sfilandosi le mutandine rosa che lascia cadere nel mio piatto.

"Del Quinoa Real per tre. Anzi, faccia per sei. Del Quinoa per sei, e mi raccomando che sia ad alta gradazione. Quello che mi ha servito l'ultima volta sembrava acqua naturale."

Ordino a occhi chiusi cercando di nascondere la zona tovaglia distrutta. "The world is a vampire, sent to drain secret destroyers..." Liam, mi fai star male. Liam, sto male. La sofferenza annulla voglie che scivolano a millimetri e la mente è altrove, mi dispiace Labelle ma sono lontana in questa serata che dovrebbe essere solo nostra e mi sento come una quindicenne chiusa a chiave dal padre cattivo, e come lei vorrei fuggire dalla prima finestra e respirare. Il mondo è un vampiro che cerca il tuo collo.

"Alla nostra amicizia."

Avviciniamo i bicchieri e beviamo affamate per poi sputarci tutto addosso e questo ci diverte. Il non senso ha i suoi lati interessanti, l'inedito affascina come può affascinare la vicinanza di una folle carica di agende dalle pagine bianche. I pakistani rimangono tranquili e non sembrano notare le nostre stravaganze. Il ristorante è semivuoto, e solo una coppia coreana osserva disgustata mollando la cena prima del previsto. Ora siamo sole, Bali, dammi le tue mutande che le mangio. Chiamo il cameriere. "Sarebbe così carino da farci ascoltare questo cd? È il nostro compleanno e per noi è importante ascoltarlo qui, adesso." Accetta e gli Smashing arrivano acidi e quando Billy Corgan urla: "The world is a vampire..." brindiamo nuovamente perché su questo siamo tutte d'accordo e devo veramente usare la parte più affilata della lama sul mio polso e implorare Bali di succhiare il mio sangue per non piangere.

DESTROY

A volte penso troppo. Quando il mio corpo vaga solo al quinto piano e le stanze mi sembrano talmente vuote da poterci pattinare ad alta velocità, la parte più odiosa della mia psiche lavora freneticamente partorendo mostri alati e la solitudine mi copre con il suo impietoso manto degno di decadenti poesie fine Ottocento. Tutto assassino in momenti simili. Non posso mangiare quando certe dimensioni s'impadroniscono della mia debole mente invadendo protezioni sottili come carta velina. Il solo rumore di un cracker masticato con cautela può innervosirmi, e se proprio la fame piange devo alzare notevolmente il volume del Sony e sedermi vicino alle casse per poter deglutire senza terrore commestibilità vitali. Frantumare vetrate con la testa. Procurarmi lesioni semi-letali. Urlare al megafono *voglio delle Dr. Martens senza para*. Sventolare una bandiera svizzera dalla lunga asta appuntita e poi lanciarla con forza trafiggendo qualche ignaro passante. Se pensi troppo finisci per sentirti il più bastardo dei bastardi, e nessun carnevale può divertirti e sei solo depresso, concludi così, sei solo depresso e adesso apri la porta, aspetti qualche secondo l'ascensore e scaraventi le tue gambe per strada, che qualcosa di geniale succederà. E allora la porta la apro e quasi dimentico il cappotto dalla frenesia di sentire strada stronza sotto le mie scarpe. Cammino aspettando che qualcosa di geniale mi riporti in vita e lo faccio con destrezza, calibrando ogni passo, dilatandolo al massimo, e guardo tutto quello che ho attorno con nuovo interesse, mi soffermo sulle insegne, raccolgo giornali abbandonati, saluto persone mai viste, entro in qualsiasi posto aperto ordinando birra che a volte bevo e a volte regalo al vicino di braccio. È come non esserci, cattiva proiezione di cui non ricordi la data e devo toccarmi continuamente per accertarmi che ci sono, che è tutto presente quello che vedo. Stato confusionale, forse. Difficile decifrare stati d'animo del genere se non se ne ha voglia. Tutta colpa della voglia e delle sue molteplici forme. Voglia di sesso, di gelato al limone, di morire, di studiare latino, di telefonare, di ascoltare bollettini nautici, di lavarsi i denti, di vomitare, di baciare e ancora, ancora, ho ancora voglia. Guardo finestre accese e ne immagino l'atmosfera all'interno, al di là del vetro, cerco di capire che cazzo mai sta succedendo lì dentro, se chi ci abita è talmente felice da divertirsi incredibilmente guardando un qualsiasi idiota telefilm americano, o è così triste e incazzato da non rendersi conto che sua moglie stesa davanti a lui è di un bello inverosimile. Intanto cammino captando umori e conversazioni che mi flashano a millimetri e continuo a pensare che veramente se solo volessi qualcosa di geniale potrebbe travolgermi con violenza in qualsiasi istante.

POLICEMAN DESTROY

"Adesso abbassati e fallo contando. Non fermarti, solo io posso decidere. Adoro la tua voce che formula numeri sotto il mio comando, parla ancora e rimani così. Devi bere quello che ho voglia tu beva. No. Non puoi rifiutarti. Ti ripeto quello che già dovresti aver capito: sono io che decido, e adesso ti porgo il bicchiere e tu non dovrai far altro che bere a piccoli sorsi il contenuto, e so non ti piacerà e vorrai sputare tutto subito, ma non lo farai perché la paura ti renderà senza orgoglio, senza dignità. Continua a contare. Dopo ogni sorso, e nessuna smorfia ti prego, nessun accenno di smorfia, fammi star bene, ne ho così bisogno."

Labelle è stesa a terra e a fatica riesce ad avvicinare il bicchiere alle labbra. A fatica dopo ogni sorso formula il numero esatto. Il policeman le è seduto davanti e le punta una pistola rosa alla fronte.

"Non mi piacciono le tue calze, sono volgari. Tu sei tutta volgare e quando bevi mi fai schifo. Smettila se non vuoi che ti uccida."

Labelle dice che le fanno male le ginocchia e chiede di alzarsi.

"Solo qualche istante, poi tutto tornerà come prima, promesso." Jean-Paul Gualtier indossa la solita maglia a righe su Mtv quando annuncia l'arrivo dei Simply Red sul palco. Il policeman prende la mira e spara acqua contro lo schermo tv.

"È così grasso. Guarda quant'è grasso e come sono stretti i suoi pantaloni." Labelle si alza senza permesso, pensa che la cosa si possa fare, l'attenzione del folle sembra deviata su altro e così le sembra erroneamente, ma sbaglia e le sue ginocchia non riescono a staccarsi nemmeno un micromillilitro dal marmo perché i calci arrivano feroci con la sua voce che le urla "schifosa, stai a terra!" e allora lei alza la testa e lui le piscia in faccia.

ZERO

Ci siamo lasciati molto tardi. Già in alto si vedeva luce. Un'alba capovolta. Ho raccolto sconosciuti il giorno prima. Per strada. Li ho invitati a salire per parlare di disastri e stragi. Catastrofi di fine secolo. Un avido assaggio per esorcizzare terrori privati. Lascio entrare aria. L'odore dei loro corpi pesanti mi rende nervosa. Dovrei riprogrammare il mio destino. Batterlo a macchina e faxarlo a Babbo Natale.

"Ecco, questo è quello che voglio, fai il pieno alle renne e portami il regalo in anticipo avvolto in carta costosa."

Verso All-Bran e latte di riso in una ciotola per cane. Mangio con le mani. Con la destra sporca digito numeri telefonici trovati nella Lancaster Gate. I gatti dei vicini urlano. Urlano anche quando lei risponde. Urlano anche quando chiudo un secondo dopo il *pronto*. Può essere triste sentirsi soli e rendersene conto. Prenderne coscienza. Meglio sputare. Alzare il volume e sbattersi. Alzareilvolumeesbattersi.

CHEESEBURGER DESTROY

Quando l'ascensore si blocca, l'uomo ha appena sfilato l'ago ipodermico dal braccio della compagna. Quinto piano. Sigillati al quinto piano e a nulla serve la strippatura del ragazzo di colore che mi guarda allucinato, ripetendomi che soffre di claustrofobia.

"Se tra un minuto non sono fuori, sfondo questo cesso d'ascensore a testate." Lavora frenetico cercando una qualsiasi soluzione, ma non esiste allarme e la tipa si accascia nell'angolo opposto al mio, e parte in un trip stravagante azionando le palpebre e tremando assiderata. Non conosco il nome delle persone prigioniere con me. Lilì mi aspetta nel suo appartamento al sesto piano, e in questo momento si starà mordicchiando nervosa l'indice constatando l'inevitabile ritardo. L'uomo dell'ago non reagisce e inizia a mangiare un cheeseburger canticchiando. Lilì mi ha cercato. La luna era piena quando le ho risposto che sarei stata sua il giorno dopo. Così accondiscendente, così serva osservavo la luna, pensando che già qualcuno l'aveva calpestata.

"Dobbiamo chiarire diverse cose e Thomas mi ha riferito tutto. Sono pronta a scusarti."

Beavis e Butt-Head. Li ho guardati con interesse subito dopo l'umiliante conversazione e ho cercato di ridere il più possibile e di finire tutti i pop-corn reperibili in casa. Solo attimi di micro e di onde per il mais liofilizzato ed è stato grandioso il modo interattivo con cui li masticavo in contemporanea con Butt-Head, anche lui davanti alla tv con il sacchetto di pop vicino. Il ragazzo di colore inizia a colpire le pareti con la testa e chiede aiuto. Sono passati 10 minuti e nessuno sembra essersi accorto di noi ingabbiati nel parallelepipedo ottonato.

"Manteniamo la calma," esordisce l'uomo gettando l'involucro del cheese a terra. "Non serve a nulla agitarsi. Mi sono già trovato infinite volte in situazioni simili e il panico non ha mai risolto niente." Immobilizza il ragazzo afferrandogli cattivo le spalle. "Calmo, stai calmo, non è mai morto nessuno di claustrofobia. Tu devi aver visto troppi film."

"Molla la presa brutto stronzo." Si dimena e sferra calci a vuoto.

L'uomo s'incazza e inizia a sbatterlo con violenza facendolo svenire. "Sono stato costretto. Questo lo capisci, vero?"

Non rispondo e prendo del Bubble dalla tasca del cappotto e lo uso utilizzando un vecchio bocchino telescopico trovato nel bidone davanti casa. Lo allungo sfiorando l'ottone delle pareti. Venti minuti. Lo fisso seria masticare un secondo cheeseburger e sputare in modo meccanico anelli di cipolla cruda in testa all'amica sempre dormiente nel solito angolo.

"Ne vuoi uno?" Parla a bocca piena grattandosi gli zigomi.

"Non mangio carne." Aspiro voluttuosamente il Bubble saturando l'aria senza farmi problemi. Nessun reclamo.

"Se non posso offrirti del cheese sicuramente il mio telefonino ti farebbe comodo. Potresti chiamare qualcuno e farci tirare fuori da questa scatola." Nobile estrae il cellulare dalla 24 ore in pelle verde e lo porge riverente e amico chiedendo in cambio il Bubble rimasto. La sua compagna rimane nella solita posizione ed è scossa a intermittenza da tremori febbricitanti. Compongo il numero e quando Lilì risponde l'uomo ha appena sfilato per la seconda volta l'ago ipodermico dal braccio chiaro della ragazza.

"Lilì, da trenta minuti sono bloccata al quinto piano."

"Al quinto piano dove?"

Intuisco la sua non lucidità e ripeto: "L'ascensoremerdaascensore, il tuo merdaascensore si è fermato al quinto piano".

"Strano, non era mai successo, e poi io che cosa ci posso fare?"

Terzo cheeseburger.

"Chiama il portiere, i vigili del fuoco, vieni tu e apri a morsi questa stronza trappola!"

Il ragazzo di colore apre gli occhi e strippa all'istante. L'ascensore si apre.

"Misty, non so come comportami e ho addosso solo il reggiseno e lo smalto non è ancora asciutto del tutto, non posso intervenire."

Restituisco il cellulare e arrivo al sesto piano strisciando contro le pareti. Lilì è veramente in reggiseno e pelle e il suo smalto non è asciutto al 100%.

"Una Silk Cut, Misty? Sto aspettando amici e sono un po' nervosa. Una telefonata improvvisa, ed eccomi nervosissima."

Suonano alla porta e lei dice "vai tu ad aprire per favore non mi reggo in piedi dall'emozione". Thomas sta cantando *Great Balls of Fire* sotto la doccia. Mi tolgo il cappotto e bevo del Virtual dalla bottiglia. Suonano nuovamente. Lilì accende la mia Silk Cut e la sua mano trema. Quando apro, l'uomo ha appena sfilato per la terza volta l'ago ipodermico dal braccio bianco dell'amica e ha in bocca i resti del quarto cheeseburger.

FUCK OFF DESTROY

Misty distrugge un Mercedes 500 sl usando la mazza da baseball che il tramp interstellare le ha regalato. Mordimi la spalla. Mangiati la prima stella. Ora Bryan. Il suo nome è Bryan e ride davanti a tanta rabbia avvolto in un piumino a righe. In vena. Direttamente in vena ti voglio.

"Ho fame." Appoggia la mazza a terra. Si stringe contro il nuovo amico. Molto contro il nuovo amico che le dice andiamocene da qui, dietro l'angolo vendono tramezzini speciali, posso comprartene uno al tofu. Bryan ha 29 anni. In tutti i suoi sogni un'anagrafe esplode riducendosi in un cumulo di macerie psichiche e nient'altro. Macerie rosa chimico spacca-cranio. Misty da una settimana non torna a casa, da quando, dopo aver lasciato l'appartamento di Lilì con due cheeseburger nello stomaco e un ago ipodermico conficcato nel braccio sinistro, si sentiva talmente sporca che il solo pensiero dei capelli di Mary la terrorizzava a morte. Bryan e l'ombra di Bryan sputavano fuoco contro le vetrine di Boots incendiando l'aria. Assolutamente surreale e fantastico per Misty perdersi in quelle fiamme purificatrici. Come annegare in un vasetto di miele. Prova ad immaginare come dev'essere.

"Vorrei dormire con te." Questo aveva detto Misty piangendo e si era stesa sopra i cartoni ben allineati senza chiedersi quali pensieri volassero nella testa di Bryan che si stese vicino a lei. Vicino. Odore di famiglia. Di coperte rimboccate nella luce calda di una camera infantile. Rimane sveglia ad ascoltare i passi della gente, il rumore delle auto, la leggerezza di non possedere che se stessi.

FUCK OFF DESTROY

Le nonne hanno nipoti a cui regalare giocattoli di plastica. Sono vere le loro carezze tiepide, i loro sguardi timidi. A volte i nipoti sembrano tutti maledetti replicanti. Cloni aggiornati di vite già esistenti.

FUCK OFF DESTROY

"Bryan, voglio cucinare per te e mangiare riso accendendo tutte le candele." Chiedimi di rimanere dentro le tue tasche.

FUCK OFF DESTROY

Le candele sono accese e indossano la stessa T-shirt grigia con una stella cerchiata stampata sopra.

"Solo negli spazi vuoti riesco a respirare."

Bryan ascolta. Forse qualcuno sta brindando al piano di sotto. Forse sta solo picchiando una moglie già vista. Tramp interstellare, abbandona la tua ombra e credimi.

"Non possedere nulla mi fa sentire libera, quando possiedi qualcosa quel qualcosa possiede te. Chiede in cambio la tua aria."

Fammi leggere il palmo della tua mano, posso rendere invisibile il tuo futuro e ridisegnarlo come lo hai sempre desiderato. A colori o in bianco e nero. Scegli tu. Bryan spegne due candele e chiede a Misty di fare altrettanto sfilandosi la T-shirt.

"Togliti anche tu la maglietta e soffia sui ceri più vicini. Il fuoco è tutto quello che ho e voglio che stanotte mi abbandoni." Bevono birra dalla bottiglia. Mangiano stelle. Nessun brillare. Nero e nero. "Altre fiamme, uccidiamo altre fiamme." Lesbico fare, l'importante è elettrizzare le zone assopite della mente e godere coraggiosi. Le luci in strada sbiadiscono lasciandoli soli. Vicini.

"Mi piace la tua saliva."

FUCK OFF DESTROY

Liam telefona il giorno dopo e dice "Dove diavolo sei finita, Mary ti cerca da una vita e ha pianto così tanto che non può usare più l'eye-liner e non si toglie gli occhiali neri nemmeno in cesso".

Cerco di riflettere, mettere a fuoco, memorizzarmi parzialmente sulla solita frequenza. Rimango in silenzio qualche secondo. La cornetta pesa più del solito e la sua voce è così stonata che provo a inventarla.

"Ho cancellato le vostre facce, Liam, e Mary può incollarsi gli occhiali alle sue adorabili stronze orecchie e annegare in pianti disperati. Inteso? Ok? Tutto chiaro?"

Liam insiste e arriva a sussurrare un mieloso *mi manchi* pur di convincermi.

"Liam, non ricordo più la tua faccia e forse non l'ho mai guardata veramente, e quando scopi con Mary lo fai così bene che se fossi in te chiederei un aumento."

Non sussurra più *mi manchi*. Riesce solo a chiudere la conversazione con un sottile "Come vuoi".

DESTROY N. 20

Riesco a rubare diversi cd alla Tower e stronzeggio disinvolta ascoltando annoiata il singolo dei Rancid. Fumo anche qualche Gauloise sviando la sorveglianza serrata e la negra monolitica in divisa collegiale rigida come un secondino da telefilm australiano. Mi muovo gitana inserendo particelle di noia riciclata tra le fessure della mia voglia. Contemplo la reticenza del mio stomaco magro e incazzato per le scarse dosi di commestibilità conosciute nelle ultime ore. Ascolto il vibrare emotivo della mia contaminata coscienza. Riverberi educativi strillano codici comportamentali masticati in terre italiane. Da non farsi. Troppo doloroso per anime vergini. La purezza mi appartiene, di questo ne sono cosciente e si alimenta regolarmente di rimorsi e sensi di colpa così cattolici da morirci. Mille Ave Maria e mille Padre Nostro che sei nei cieli per espiare peccati ribelli e poter così accedere alle calde acque di paradisi incestuosi.

DESTROY N. 21

Autentico fottere per fottere per fottere. Mi adoro quando canto *Anarchy in the U.K.* strafottendomene di quello che ho dentro. Strafottermene e fottere divinamente. Può piacerti?

DESTROY N. 22

In strada conosco una diciottenne in Buffalo alla caviglia e doppia para flessibile. Ci parlo un po' finendo per camminarci chilometri insieme. Il suo ragazzo è morto cinque mesi fa in un incidente stradale, e quando si è schiantato stavano chiacchierando al telefono. I suoi denti sono bianchi. Il suo alito sa di liquerizia.

"Maledetto cellulare." Tossisce e compra una vocale. "Mi stava raccontando una barzelletta comicissima su certi dieci piccoli indiani che svaligiavano un McDonald's vestiti da pinguini." Sputa a terra e compra una consonante. "Io ero comoda nella mia camera, bella stesa sul letto completamente nuda con il ventilatore addosso e ascoltavo e ridevo, e Dennis delirava e diceva 'sto viaggiando come un aereo' e poi riprendeva con i dieci piccoli indiani che sodomizzavano un cheeseburger al bacon e a un certo punto cazzo sento una stronza frenata e... dio cristo!" Si agita schizzata e punta cattiva il coltello alla gola di una vecchietta distratta che le si sbatte contro. "Nonna conclamata stammi lontana! Stammi lontana!" Digrigna i denti, sbava troppo, rimette il coltello in tasca.

Le regalo due cd sperando di sedare la sua rabbia.

"Non ho autocontrollo, non ce n'è traccia in me." Entra veloce da Prêt-à-Manger e afferra due sandwich senza pagare. "Alle 14.30 c'è talmente tanto casino che puoi divorare Prêt-à-Manger e defilare come niente fosse."

DESTROY N. 23

Balliamo dall'alto di una panchina.

"Mi chiamo Arlette." Si copre la testa con il cappuccio della felpa, accarezza leggera il mio cranio rasato. Sorride.

"Mi chiamo Misty." Mi tocco disinvolta e sputo animale affettato addosso alla gente camminante.

"Che ne dici di vederci verso le 22 all'Old Compton?"

"Tutti froci all'Old Compton."

"Certo, tutti froci. Sei razzista?"

"Nella metro pubblicizzano diversi cervelli e quello razzista ha dimensioni ridicole," rispondo. Ridicole. È bello conoscerti, Arlette. Quando occhi sconosciuti mi guardano sento il bisogno di parole.

"Dormo sempre con il ventilatore acceso."

"Perché, Arlette?"

"Mi sembra di essere in strada così, sdraiata sopra qualche marciapiede pieno d'aria."

"Ho un amico che ci vive e ci dorme e ci mangia in strada, e certe volte rimango intere giornate con lui."

"Fantastico."

Sì, fantastico conoscerti Arlette, tenere la mia mano nella tua, continuare a parlare mentre il cielo inizia a piangere bagnando le nostre voci.

"Mi piace il tuo cappotto." Annusa la stoffa del Vivienne di Mary, ci si strofina contro come un bimbo infreddolito.

ORANGE ROAD DESTROY

Sono un Orange Road, comprami e ti farò felice. So che ne hai una voglia da vomito, e allora comprami e usami subito sopra i sedili della tua limousine. Può sembrarti eccessivamente artificiale o eccessivamente facile, ma il sintetico regala miracoli e un Orange Road come me sa essere il più bastardo degli amanti. Comprami stronza puttana solitaria e bagnami.

TOWER DESTROY

Un arabo amico di Bryan paga 300 sterline il micro della Sony. Il signor Leavitt ritira le 200 sterline contento. All'Old Compton cerco di sorseggiare una camomilla bollente mentre tutti attorno sono assorti nella lettura del "The Gay

Gazette". Prima di uscire di casa un amico dell'arabo ha pagato 200 sterline per il Grundig d'esportazione e 10 sterline i cd della Tower ancora sigillati. Tossiva e sudava.

"Stai entrando nel business," mi ha sussurrato dandomi appuntamento per la giornata seguente.

"10 sterline per ogni cd Tower ancora intatto." La tipa in sua compagnia grande seno e grandi fianchi accarezzava il mio porcellino d'India gemendo.

"80 per il maiale."

"500 per torturare tutta la notte la tua amica sul tavolo della cucina," ho risposto appoggiando le spalle al muro.

"Mi sembra che la mia proposta sia allettante e non devi innervosirti così, altrimenti ne trovo 100 pronte a trovarmi dei Tower a quel prezzo. Comprendi?"

Quante cose avrei voluto fare e dire, ma mi sentivo talmente impotente e spacciata che quando il bastardo clonato ha riattaccato con un 90 sterline per il maiale e non se ne parla più, ho solo abbassato la testa annuendo e la puttana ha afferrato Tommy lanciandomi certi schifosi sguardi di sfida. Ho aspettato che uscissero per prendere a pugni la porta e urlargli dietro "500 per torturare la tua stronza tutta la notte!". Poi ho pianto a occhi chiusi e quando li ho riaperti mi sono resa lucidamente conto che l'unica cosa che mi era rimasta era un Rex vuoto e un mazzetto di soldi in mano. Bryan e Arlette giocano con le fettine di limone, un ragazzotto di Cambridge ci invita a una serata gay all'Heaven. "Nessun etero in giro." Arlette gli sfila il portafogli quando si alza per pizzicare il collo di Bryan e una volta in metro si esalta arrivando a contare quasi 800 sterline.

Scendiamo a Piccadilly e ci infiliamo subito alla Tower. Bryan mi racconta la storia di un certo Adam James in carcere da 18 mesi per un furtarello ridicolo in un supermercato di Kings Road, così dopo 50 cd usciamo tranquillamente, e dopo aver incendiato una bici cerchiamo il primo supermarket aperto e lavoriamo abili e indisturbati. Piove, e i taxi sono tutti spenti. Saliamo su un bus senza controllore e l'autista è così ubriaco che non cerca le nostre travel card. Saliamo al secondo piano e fumiamo delle Silk Cut proprio davanti al cartello con scritto sopra "vietato fare uso di tabacco e affini, 1000 sterline di multa ai trasgressori", ma trasgredire in questo momento mi piace più di qualsiasi altra cosa al mondo e riesco a sfilare altri due portafogli a due ragazzetti addormentati prima di rientrare a casa. Bryan e Arlette rimangono con me e aspettiamo insieme il sole seduti davanti alla finestra. Ci teniamo per mano e la luce arriva ed è meraviglioso non dirsi niente, guardare e basta. Bryan esce sul balcone con una bottiglia di alcol e inizia a sputare fuoco, e anche questo mi sembra meraviglioso, meraviglioso, ultrameraviglioso come il viso di Arlette senza trucco appoggiato sulle mie gambe. Vostra per sempre, Misty.

LUTHER DESTROY

London Astoria, 165 Charing Cross Road. Anoressico venerdì notturno. Bryan incendia l'amico Luther Blissett terrorizzando la folla repressa. Su Mtv Beavis e Butt-Head si infilano le dita nel naso guardando gli AC-DC. Nel supermarket vicino un commesso bulimico corre nel bagno con la mano destra davanti alla bocca e il sacchetto dei popcorn nell'altra. Al quinto piano del grigio palazzo abitato, le tende tirate rivelano ombre abbracciate. Al terzo piano schizzature catodiche consolano solitudini da divano. Al novantesimo piano gli angeli si picchiano e gli gnomi si iniettano poesie altissime. Fate l'amore davanti ai passanti e chiedete soldi. Pensatemi spesso e scrivetemi lettere. Cammino affascinata dal Luther carbonizzante nella nebbia. Chiedo un viaggio al taxista ubriaco. Incido l'umido dei finestrini surfando chilometri londinesi non ancora familiari.

"Tivannocinqueminutidisessovelocemiamoglieèlesbicaeiohofame."

Robert De Niro in *Taxi Driver* ascolta il folle passeggero.

"Lo sai come riduce la faccia di una donna una 44 Magnum? lo sai come la riduce tra le gambe?"

Indivisibili associazioni accompagnano ogni mio pensiero. I suoi occhi sorvegliano i miei, affacciati nel cinemascope dello specchietto.

"Allorativannocinqueminutipagatibene?"

Riesco a vedere la moglie nascosta dentro qualche credenza tra barattoli di minestra Campbell. La vedo in vestaglia lottare ansimante contro le voglie del maschio sudato.

"Fermati proprio dietro l'angolo, taxista perfetto." Microsecondi strani. Le monete cadono sul suo palmo calloso.

"Regalati una 44 Magnum."

Un nuovo cliente compra la sua attenzione. Un cane piscia contro un idrante rosso. Misty si allontana ballando contro la sua ombra.

DOPPIO ZERO

Radioattiva Labelle, non tocchi cibo e i tuoi criceti vagano sulle coperte disperati. Ho aperto la porta e non hai risposto nascosta sotto il letto. Nessuno doveva accorgersi di te, questo poi me lo hai spiegato. Nausea, questione di nausea. Meglio mollare, è questo che cerchi di spiegare rannicchiata sotto la pianta più grande di limone. La tua maglia ha perso colore, così come l'azzurro dei tuoi occhi. Pensavi che non sarei tornata. Dopo il terzo temporale ti sentivi tradita e sola. Ero lontana, Labelle, e non servono spiegazioni. Troppi bastardi in giro, è vero, e la nausea ti stringe in una morsa dolorosa, ma ti sto dicendo che anch'io ho paura e c'è stato un momento in cui mi riempiva l'anima violentandola senza scrupoli e non è facile amarla. Amare la paura, voglio dire. Paura e bastardi. Inizia a giocarci, inventa una tua battaglia navale e mastica il sushimi che ti ho portato. Può essere un fumetto a puntate la sua storia, e adesso sfoglio la pagina 54 dove Labelle radioattiva disintegra l'incubo a calci e chiama altra pioggia per ballare ancora.

Quando mi allontano mi chiami e fai una smorfia alzandoti. Hai tra le mani un'arma invisibile che punti alla tempia e premi *play* scuotendo la testa.

"*Love Will Tear Us Apart* è vitamina."

La prima volta che hai fatto l'amore c'erano i Joy Division, questo già lo sapevo e non pensare l'abbia dimenticato, così come non lo hai dimenticato tu. Ho in tasca un piccolo caleidoscopio blu. L'avvicino all'occhio destro e guardo Labelle sdoppiarsi e sezionarsi in geometrie colorate. Lei ride e cade sul letto con un sushimi tra le labbra.

FUCK YOU (AN ODE TO NO ONE)

Tu sei tranquillo seduto al solito tavolo e stai mangiando, non pensi ad altro che startene bello rilassato a farti una pausa e non hai cazzi strani, non ti interessa proprio averne, stai così bene seduto a quel solito tavolo a masticare il tuo pranzo che ti senti quasi felice e sazio. Non ti manca nulla, non è vero? La musica in sottofondo è di tuo gradimento, la cameriera ha un certo culo ben proporzionato e quando ti versa il vino quello che riesci a intravedere dalla scollatura dei tre bottoni slacciati ti intenerisce e eccita insieme. Asso-

lutamente perfetto, ti si legge chiaro in fronte non rompete-
mi le palle, sto da dio, meglio non potrei. Ti giuro, è evidente. Evidente. E poi quell'odore di cipolla cotta bene e le
spezie ben allineate nelle loro ampolle di vetro, tutte in fila
a tre centimetri dal tuo piatto.

"Posso servirle altro? Del milk-shake ai frutti di bo-
sco?" Riverito e signore nel caldo del ristorante ti senti bene, non ti serve altro, non chiedi niente. Un angelo, ecco cosa sembri, un angelo. Ti rilassa il passaggio ritmato dei ca-
merieri, ti diverte la faccia arrossata del cuoco che a intermittenza appare dall'apertura rettangolare della cucina. Come in un telefilm a puntate. Sei una delle tante comparse di
quel genere di telefilm, ambientati in fast-food americani
dove tutto è divertente. Sono sicura che è questo che pensi.
Non puoi vedermi. Sono dall'altro lato della strada e se anche mi vedessi non mi riconosceresti. Ne sono sicura, Liam,
non mi riconosceresti. Mary arriva puntuale, elegante come
sempre. Si siede sulle tue gambe. Sembrate felici, quasi innamorati.

CHEMICAL DESTROY

Lacrime-pioggia rigano il viso di Labelle rannicchiata
nell'angolo più acuto della stanza. In T-shirt e mutande
bianche piange la morte del suo scoiattolo, ucciso dalla
madre-robot grande divoratrice di fumetti erotico-nipponi-
ci. C'è chi muore di sogni, e sua madre anni fa si è rifugia-
ta in loro e ora non riesce più ad uscirne, così la sua vita è
un enorme fumetto sbiadito dalle pagine usate, e fantasia e
realtà sono per lei un'unica cosa. Strane psicosi mai curate.
Violente reazioni dopo ogni cattiva lettura. Se l'eroina della storia uccide lo scoiattolo, lei replica interattiva l'azione.
Pericolosa avventura una madre simile. Arlette dedica la-

crime. Bryan scola la seconda Guinness. Bryan scola la terza Guinness. La quarta. L'intero Rex. Non posso che sentirmi impotente, chiudermi nel silenzio e cercare il vuoto,
se mai questo fosse possibile. Questione di pratica. Forse.
Ginnastica sterile per anime sensibili. Fantastico ordinare
qualcosa del genere al cuore e aspettare che esegua servo.
Troppo silenzio. In strada ancora c'è luce di quella bassa e
fredda che trovi solo a fine anno. Luce scarica. Grigia come topi da metro dentro camere d'albergo pagate poche
sterline. Che altro fare. Masturbatemi la bocca. Regalatemi
l'isola che non c'è e merdate simili. Fatemi sentire una dea
da venerare in ginocchio davanti al muro del pianto. La
mia grandiosa bellezza. Masturbatemi la bocca, non chiedo
altro. In pieno Gore 3941. In pieno battage di Bubble indiano. I miei occhi brillano. Sono tutta un brillare di pa-
gliuzze dorate. Bussano alla porta. Una, due, tre, quattro
volte. Insericiti nel quotidiano, lady Misty, e accogli l'o-
spite inatteso saltellante sul ballatoio. Può anche succedere
che l'incontro ti illumini d'immenso. Può succedere. Raramente. Misty apre canticchiando *Sabotage*. Le riesce bene.
Bryan scola la seconda bottiglia di Violence Jack e vomita
anche l'anima abbassando la testa sul tappeto.

"Ciao Mary, che sorpresa! Non avrei mai immaginato
di ricevere una tua visita, prego, entra pure e non far caso
al disordine che vi regna, sai, sono tornata oggi dopo un
lungo viaggio d'affari ed è davvero tutto irrimediabilmente
fuori posto da perderci la testa, cosa da poco se vuoi, se
proprio ti concentri, ma sai quanto io sia piena di fobie
igienico-sanitarie, e sai quanto la vista di ogni singolo gra-
nello di polvere possa stripparmi oltremodo, tu dovresti
saperlo, mia cara, ma entra pure, non perderti in inutili
complimenti."

Bryan naviga in un vomito ininterrotto piegato a terra.
Puzzo. Puzzo insopportabile. Spazzatura scaduta o qualcosa

così. Arlette sempre nell'angolo, bagnata da lacrime-pioggia, si contorce singhiozzando. Mary vuole liquidarmi alla svelta.

"Rimani almeno qualche minuto, se vuoi il cesso è sulla tua destra."

Potresti tradurre ogni mio discorso se volessi. Sedute sopra poltrone morbide. Tu accanto a me in una traduzione simultanea eccellente. Avrei voglia di parlare una lingua diversa davanti a un'orgia di folla in ascolto, avida della mia voce straniera. Non potresti lasciarmi così incatenata al loro bisogno di capire ogni mia parola. Sarebbe tutto molto più semplice. Questi sono i pensieri nascosti nell'oscurità dello stomaco di Misty, mentre guarda Mary dirigersi-studente verso il cesso sulla sua destra. Boom! Ultra-Boom! Preferirei non esserci oggi, ma Mary mi chiama sigillata in bagno.

"Posso andarmene ora?" In pieno Gore gioco con la lama lucente sulla mia pelle-bambina. Provo a ballare pattinando sulle salive viscide di Bryan nascosto sotto la T-shirt di Arlette bagnata da lacrime-pioggia. Entro in un porno senza trama. Ci sono dentro. Masturbatemi la bocca, non chiedo di meglio. Bagliori dorati e fuochi d'artificio animano desideri fantastici in piena penetrazione porno tra le braccia della lasciva svedese copulatrice sensazionale. In pieno Gore. Come odio i Beatles quando sono in pieno Gore 3941. Aspiro denso Bubble con la mano sinistra. Spoglio Mary e le dico di andarsene, la porta è aperta, ti voglio nuda camminante per strada. Straniera tra lame taglienti. Prova ad annusare cosa si prova. Stronzissima storia. Fa male. Anche le scarpe. Lasciami anche le scarpe. Nessuna protezione. Cerchi di convincermi che non puoi, ma non sai che ho già deciso, e dall'alto sei così piccola e rosa che non posso che sentirmi male. Sola e nuda contro il mondo. Masturbatemi la bocca. Boom!

GISH DESTROY

Bryan, ho paura. Il fuoco si sta spegnendo. C'è solo buio attorno e rumorosi barboni in lotta con ipotermie feroci. Ho paura. Stammi vicino. Lo vedi il mio timido brillare? Mi sta abbandonando. Posso scivolare e svanire se non ti avvicini caldo. Un qualcosa di lucido duro per noi. Musica Smashing e biscotti dolci. Più vicino, se puoi. Di più. Ancora più vicino. Stammi addosso. Vorrei vendermi e rivendermi e svendermi, ma la mia violenza romantica mi vuole fragile e rischierei di morire per questo. Delle auto si sono fermate in una notte di giorni fa, ho ascoltato voci chiedere amore abbassando finestrini appannati. L'infelicità sa diventare perversione facile. Più vicino. Se puoi. Ancora più vicino.

SAFAT DESTROY

Io e Arlette indossiamo scarpe nere. Vogliamo solo venderci. Pensiamo che forse la cosa possa divertirci. Scarpe nere lucide. Noi due camminanti per strada così in vendita da starci male. Le auto. Questo ci interessa. Le auto che si fermano per noi. Autoviolentarsi per rabbia o per un qualcosa di simile. Pensateci un po', riflettete intelligentemente, senza fretta, siate cauti e imbecilli in questo vostro pensare e trovatemi una giusta risposta, che mi piaccia, che faccia sorridere me e la mia amica. Uso molti punti. Credo nell'importanza del fermarsi. Una nuova religione o un qualcosa di simile. Posso fare quello che voglio. Anche di più se solo volessi. Costruirmi addosso autostrade di stronzate o biscotti alla vaniglia. Posso. Che vogliate o no. Distruzione e autodistruzione, sorelle incestuose nel luna park del sensibile fare. Altra notte da respirare attorno e sotto e dietro. Loro si bloccano alla vista del supermarket femmina. Eccitati dall'elegante sculettare. Dalle nostre scarpe nere. Da altro. Arlette si avvicina con l'espressione più sporca che conosce. Lui non ha denti. Lei non ha voglia. Solo schifo. Togliti dalle palle. Possiamo scegliere. Penso che su questo siate d'accordo con noi. Possiamo. Strapossiamo. Piene di potere. Così in pieno potere del maschio compra-sesso.

Arlette: "Ti caccerei un'arma in gola e premerei il grilletto".

Lui: "Quanto vuoi?"

Arlette: "Parli un'altra lingua, troglodita di merda?"

Lui, sbavando: "Allora, quanto?"

Arlette: "Ho detto che ti caccerei un mitra in gola".

Lui sbavando: "E per lei quanto?"

Arlette: "In gola".

Lui: "Quanto?"

Suggeritemi una cifra o regalatemi un lanciafiamme, un M 16, un A R 70, un M.A.B., una SAFAT, un Kalashnikov o qualsiasi altra letalità del genere.

"Dalle palle, togliti dalle palle." Arlette si allontana con l'espressione più sporca che conosce. Le sue scarpe nere sono divine. Siamo divine. Ultradivine e forse più. Ci state guardando. Noi in vendita. Quello che provate non riuscite a decifrarlo. Disgusto, compassione, tenerezza o solo invidia. Anche a voi va, vero? Vorreste scarpe come le nostre. Vorreste vendere quel vostro culo ozioso solo per assaggiare la lusinga dell'essere desiderati. A pagamento, di notte, per strada. Sul marciapiede. Le auto che si fermano per voi. Prestazioni orali o altro. Sarebbe vostra la decisione e non vi capita spesso. Ne avete una fottuta voglia. Ne avete voglia. Una voglia così affilata da starci male. Stringete forte le gambe. Non è ancora arrivato il momento. Come sappiamo muoverci io e Arlette! Adesso camminiamo ridendo, già stanche del gioco. Ridiamo di voi passivi idioti affamati. Non è sera né lo sarà mai. Divine Misty e Arlette.

M.A.B. DESTROY

Ci siamo incontrati sullo stesso marciapiede. Eri molto sporco, più degli altri e il tuo gomito nudo era bianco e liscio. Hai picchiato la nigger senza reggiseno. L'hai picchiata a sangue. Situazione splatter fino al romantico, ma lei voleva solo che la chiamassi amore mentre le tiravi calci dappertutto. Ricordo anche il freddo. C'era un cane vestito di nero come me, stessi movimenti bastardi, stesso sguardo affamato. Leccava le ferite della nigger in ginocchio, tremante sotto i tuoi colpi. Lei voleva solo che la chiamassi amore. Non che te ne fregasse molto, ma potevi essere gentile con lei. Ascoltavo i Transglobal Underground, e il mio walkman era incazzato perché non avevo comprato le pile migliori. Ricordo anche diverse finestre accese, e qualche passante spento e disgustato. Se non ti avessi fermato l'avresti uccisa, e quando ti ho domandato il perché di tanta ferocia tu hai sputato sulle mie scarpe e hai risposto "per noia, solo per noia," e hai continuato "lo sai perché ci sono maschi che godono mangiando carne femmina, lo sai perché li eccita così tanto mangiare carne femmina? per noia," e io mi stavo così annoiando da distruggermi di maledetta noia, cosa che se non ti sbatti una nigger senza reggiseno, se non la sbatti così forte da farle vomitare sangue finisci per diventare isterico e annegare nel rosa di ipnotici rubati. E l'hai sbattuta, la nigger leccata dal cane, eccitato dal rosso dolce disegnato sulle sue gambe scure, e tu ti sei abbassato e le hai sussurrato "non permettere mai che tuo padre alzi le mani su di te" e poi le hai sferrato un nuovo calcio allo stomaco, e ti ripeto che lei voleva essere chiamata amore, ma a te fregava solo diluire noia e fumare una mia Gauloise. Ricordo anche il colore della parete appoggiata alla tua schiena e la voglia di polaroid che avevo. Sapevo che non ti avrei più incontrato e volevo immortalare quella tua nervosa espressione che per un attimo mi era sembrata nuova. Quando mi hai abbracciato ho sentito brividi di paura e mi sono chiesta quale poteva essere il tuo nome. La nigger si lamentava contorcendosi dal dolore, stesa sul marciapiede di Regent Street e tu mi ha chiesto di coprirla con il mio cappotto. Non sopportavi quel suo tribale affanno. Voleva che la chiamassi amore anche quando le hai sfregiato il mento con il ferro degli anfibi. Una ragazzina si è fermata e ha gridato "chi l'ha ridotta così". Mi tenevi stretta in quell'abbraccio stronzo e non te ne volevi andare. Ricordo il volto terrorizzato della ragazzina e le luci delle auto di passaggio. Fasci di luce sul sangue, sul nostro abbraccio. Nemmeno tu conoscevi il mio nome. Hai voluto il walkman e mi hai chiesto soldi per comprare una notte puttana da bordello. Non riesco a pensare ad altro.

TRAIN DESTROY

Si respira fumo nello scompartimento e sono partita solo per andarmene. Andarmene e basta. Un walkabout non aborigeno, ladies and gentlemen. Succhiate la pelle dei sedili e assaporate l'acre del sudato che ne satura i pori. Quanti corpi caldi vi si sono riposati sopra, e allora leccate i centimetri di pelle che coprite con i vostri culi. Disinibitevi, cari, e fatelo godendo, immaginatevi un premio tutto vostro come ricompensa allo spettacolo che vi chiedo. Tirate le tende, che nessuno veda, scopatevi il treno prima che siano altri a farlo. Si respira fumo nello scompartimento, e i due giovani che lo occupano con me non immaginano minimamente quali indecenti pensieri passeggiano vorticosi nelle mie vene.

"Posso?"

Certo, prenda posto, puttana, e collabori con quello che può, si lasci sodomizzare dalla mia rabbia, anche per lei ci sarà una ricompensa. Lo giuro sulla testa dei miei gerani. Prego, si accomodi. Guardiamoci bene e rimaniamo nella penombra. Tua madre si è strarifatta di droga e si è strarifatta legare e picchiare dal salumiere, e allora? Come, tu eri presente e ci sei stato male? Chi cazzo vuoi impietosire? Speri che cambi idea? Speri di intenerire concentrati di violenza simili? Oh! Ti sbagli! E poi cosa vuol dire strarifatta di droga?

Il ragazzo numero 1 vuole parlare con me.

"Dove sei diretta?"

Oddio! Dove sei diretta! Ma che diavolo di domanda è *dove sei diretta*!

"Sei muta? Sorda?"

No, non sono e basta. Invisibile, pensami così. La ragazza che vedi non c'è. Ti basta come risposta?

"Sembra un po' demente, vero Paul?"

Il ragazzo numero 2 conferma la tesi palpandosi la patta.

"Qual è il problema? Eh? Qual è il problema?"

Verticale e minacciosa. Così mi sento quando mi alzo sbattendo le gambe contro il numero 1. Tua madre si è strarifatta ed è corsa nuda per strada con una bottiglia di Jack in mano e tuo padre ha sverginato la tua compagna di banco e la babysitter del tuo fratellino, e allora? La puttana accenna spostamenti equivoci.

"Non muoverti, adesso rimaniamo insieme, ok? Quindi seduta e brava."

Il coltello da maiale che ho in mano non piace ai compagni di cella.

"Pensi che io sia demente? È questo che hai detto, amico di Paul."

Tremi? Pensi che se ne parlerà sulle prime pagine dei quotidiani? *Squilibrata accoltella giovani passeggeri innocenti mentre leggevano la Bibbia. Schizofrenica ventenne violenta a sangue freddo tre ragazzi di Dublino e salta dal treno in corsa.* Violentatevi da soli, io voglio solo ripulire questa maledetta plastica ferroviaria. Leccate i sedili, e loro leccanoleccanoleccano. Si respira fumo nello scompartimento e nessuno dei presenti immagina minimamente quali indecenti pensieri passeggiano vorticosi nelle mie vene.

Esco e percorro rapida il corridoio alla ricerca di un cesso dove specchiarmi voluttuosamente e annusare profumo di cipria. Una volta dentro, il water mi angoscia. Il pensiero dell'uso collettivo e ripetuto di quel water mi nausea. La carta igienica incollata al metallo satinato, le tracce d'urina a rigare i bordi esterni, il sentore cessosamente pubblico che pervade lo stretto cubo, lo specchio schizzato da un probabile uso interdentale selvaggio, tutto questo mi angoscia portando i miei pensieri a una convinzione distorta, dove l'essenza stessa del vivere pulsa tutta in quel lavandino sudicio, tra resti vischiosi abbandonati distrattamente. Talmente primordiale e umano da sembrare vero.

TRAIN DESTROY

Nell'oscurità chiassosa del corridoio, lascio che la voce di Baby Grace mi penetri lenta. Sostituire completamente il sonoro del reale con il suono innaturale della sua voce, guardare il notturno correre al di là del vetro, accendere la prima Gauloise, appoggiare la fronte al freddo della superficie trasparente, tutto questo è mio, solo mio, e micromillilitri di integrità mi sfiorano le spalle vendendosi senza paura come a voler rafforzare quel poco di razionale che possiedo. Bryan e Arlette, Bryan e Misty nello stesso letto si sono accarezzati e spogliati e mangiati poche ore fa, e adesso Misty non sa più cosa pensare se non alla voglia delle mani morbide di Bryan, delle mani morbide di Arlette. Qualcuno si sta masturbando nel cesso. Posso sentire gemiti soffocati e soli, e lo scricchiolio cartaceo di certi porno dettagliatamente minuziosi in primi piani sfocati di copulazioni telecomandate. Immagino l'eroina grande chioma spettinata in piena gang-bang. I seni arrossati da manipolazioni di massa, il corpo stanco. L'immaginazione si blocca avara sul suo corpo stanco. Arlette ha pelle profumata, e andarsene nel pieno del loro sonno fa sentire Misty stranamente vigliacca. Ritrovarsi nuda tra i loro corpi l'aveva sconvolta enormemente, come se si fosse svegliata dopo aver attraversato in ginocchio un sogno tridimensionale, di quelli che ti lasciano senza respiro. Il ragazzo esce dal cesso.

"Ho sentito tutto. I tuoi gemiti... tutto, e comunque non farti troppe paranoie."

Le passa vicino a testa bassa cercando di non incontrare il suo sguardo.

"Ehi! Guardami negli occhi. Di cosa ti vergogni?"

Misty ha visto una bambina introdursi nel giovane orifizio anale un Gasper di gomma, e ha visto un quindicenne in pantaloncini masturbarsi guardando la foto della madre in bikini, e ha ascoltato il racconto cablato di un vecchio amico italiano piangere la sua impotenza. Il ragazzo non si allontana.

"Allora, hai sentito tutto?"

Misty annuisce. Nello scompartimento l'aria è rarefatta e residui di fumo camminano sul soffitto. I due giovani dormono e la compagna acquisita legge un tascabile dalla copertina monocolore. Ha gambe velate da collant di seta e una gonna grigia leggermente tirata sui fianchi stretti. Non sembra accorgersi del mio arrivo, tanto è assorta nella lettura del piccolo libro. Seconda pagina. È alla seconda pagina. La osservo, scruto curiosa le sue pupille immobili, come fisse su una unica parola, la stessa. Minuto dopo minuto la pagina numero tre non accenna ad apparire e le sue pupille sempre ferme, cieche. Ne sono sicura. Tutto scorre. Campagne innevate, stazioni minori scarsamente illuminate, controllori in divisa, passeggeri annoiati. Tutto si muove, ma non i suoi occhi sempre bloccati in una staticità da quercia millenaria.

"Cosa stai leggendo?"

La donna tossisce e alza la testa in modo rallentato. Si sistema il colletto, l'orlo della gonna, tossisce ancora portandosi un fazzolettino di carta alla bocca. Divarica leggermente le gambe abbandonando la testa contro l'imbottitura destra del sedile. Si massaggia saffica le cosce lisce, divaricandole maggiormente.

"Guarda pure, se vuoi."

KK DESTROY

Bryan, Arlette e Misty bevono troppo sakè. Escono barcollando dal fast food giapponese. Misty ama quella certa condizione etilica. Sempre più il calore dell'alcol l'appaga. Quello sciogliersi di tensioni e paure la conforta e annebbia un limpido che non vuole riconoscere, un cielo terso che definisce troppo nettamente contorni violentemente terreni. Forse il suo esistere cerca sabbia soffice dove sprofondare nel buio, o forse non riesce ad arrestare la voglia di aria forte, di altitudini nietzschiane. Ho guardato le cosce dell'amabile signora dischiudersi puttane e la sua mano muoversi sul ricamo floreale delle mutandine verdi. L'ho osservata azzerarsi quando tra sospiri spenti si è infilata dentro il piccolo libro utilizzandolo come un dildo d'acciaio. L'emporio di liquori è ancora aperto e sembra chiamarmi. Il lampeggiare ripetuto dell'insegna al neon cerca di comunicarmi un qualcosa che non comprendo o non voglio comprendere. Misty mi tiene stretta e entra con me. Bryan aspetta fuori. Inizia a parlare con un barbone semicoperto da un cane di grossa taglia.

"Chiedi alle tue amiche un regalo per me, il mio fetore irrita il venditore di fuoco."

Il cane gli si stringe contro annusandogli il muco raffermo sceso appena sotto le narici arrossate. Una volta dentro, il paradiso dell'artificiale mi accoglie euforico. Sedativi sotto vetro, dentro lattine metallizzate. Un'infinità di psicofarmaci liquidi per l'ansia dei vostri palati, mesdames et messieurs! Uno schieramento studiato di ammiccanti ipnotici legali mi si para davanti, in contenitori dalla forma bizzarra e evaporazioni spiritose tutt'attorno, come nel miglior inferno dantesco!

"Perché non rapiniamo il porco? Eh, Misty?"

Lui è seduto dietro il banco e la sua figura è per metà coperta dal legno spesso. Quel che ne viene fuori è maledettamente catodico. Un mezzo busto da telegiornale non delimitato dalla bombatura dello schermo. La cassa davanti alla sua pancia sa di elemosine barbone, e nel vetro rivela cifre, situato nel solito posto, proiezioni disperate si susseguono come se quel rettangolo di vetro avesse registrato conversazioni e immagini tristi di alcolisti alla deriva, supplichevoli come serve malpagate. Afferriamo rotondità etiliche con fare annoiato e professionista allo stesso tempo. Le allineiamo sul banco in ordine di altezza, attendiamo che l'uomo le nasconda in sacchetti di carta riciclata, sorridiamo ingenue, ammirate, mentre le ripone cauto e robotico. Arlette azzarda anche un ruffiano "lei sì che ci sa fare con i clienti".

Perchénonrapiniamoilporcoperchénonrapiniamoilporco. La frequenza mentale di Arlette si inserisce prepotente nella mia. Cosa da stupro o qualcosa del genere.

"Arlette, bacia il signore."

Arlette mi guarda allucinata.

"Che cazzo devo fare?"

"Bacialo, mettigli la lingua tra i denti, succhia il suo orecchio... vedi tu."

L'idea è tutta tua, Arlette, e adesso arrivi fino in fondo, non puoi solo domandare. È questo il messaggio, e lei sembra averlo recepito interamente. Il venditore non si scompone e dice:

"Vieni qui, amore, fai contenta la tua sorellina".

Gli è sulle gambe, l'uomo le palpa rude il sedere. Sento il sapore della sua saliva acre scendere nella gola di Arlette. So quanto schifo sta provando, ma è questione di secondi e non ho bisogno di contarli. Arlette gli sferra un colpo sulla patta gonfia usando il guanto aculeato di Labelle. L'urlo si libera nell'aria viziata, il dolore lo rende impotente, cieco quel tanto da permetterci di uscire con le mani piene.

Dileguarsi nell'oscurità ridendo, è questo quello che segue. Ricerca ubriaca di gradini liberi dove appoggiarsi, istantanee suburbane simil-polaroid di marciapiedi bagnati d'umido, ombre scure stampate sull'asfalto, fetori barboni e cani affamati.

Seduti davanti all'Astoria in un dicembre senza foglie, Misty, Arlette e Bryan regalano Foster da litro sentendosi alati benefattori scesi dal cielo, meravigliose creature vendicatrici, demoni privi di moralità dalle lunghe ciglia arcuate, istigatori senza colpe e altro ancora, ancora altro. Misty sorride flashando il ricordo della donna incontrata in un walkabout non aborigeno e le sembra di sentire la sua voce gemere un rauco e folle:

"Oh sì, così, Edgar Allan Poe! Fottimi tutta!"

FUCK OFF DESTROY

Ascoltami. Distruggerò il mio walkman e non cercherò più musica. Sono nel bagno di una disco. Cattiva luce al neon. La ragazza che guardo ha pelle pessima e occhi truccati male. Ci sono donne e travestiti trentenni, con unghie finte dalla punta quadrata e aderenti tutine di latex, sopra collant coprenti neri. Provo tristezza. Forse vorrei stringerli. Forse picchiarli. Siamo tutti molto fragili qua dentro eppure c'è chi si spaventerebbe ad averci addosso.

FUCK OFF DESTROY

Ascoltami. Sono seduta nella zona più calda della disco. Luce rossa e Chemical Brothers. Il ragazzo che mi chiede d'accendere vuole che sorrida.

FUCK OFF DESTROY

Ascoltami. Sto pensando alla mia fame. Due maschi si eccitano assaggiando saliva. Il loro frenetico desiderio invade il mio spazio. Sento il peso di entrambi sulla schiena. Vorrei andarmene ma un angelo dai capelli rosa mi spinge sul morbido del divano. La sua bocca sa di aspirina.

FUCK OFF DESTROY

Ascoltami.

MADE IN SPAIN

Stiamo rientrando a casa da un club viaggiando a piedi per le street londinesi così irrimediabilmente illuminate, surfando strisce pedonali con Buffalo made in Spain.

Dedico a tutti voi i nostri passi. Lucciole dentro vischioso slime in lutto. Che ne dici del mio culo stretto in questo 5 tasche americano... eh, Bryan? Si sente ancora musica e la nebbia è talmente spessa che provo a morderla. Le tue labbra sul mio collo, Arlette, sono buone. Ho così tanto bisogno d'affetto. Ho bisogno. Sempre. Viviamo nella stessa casa, ora, e nella stessa strada a volte. Ci capita di svegliarci nel cuore della notte e quando succede iniziamo a ridere. A volte ci sentiamo fratelli. Altre volte amanti. Per ore intere non parliamo. Ci sono secondi grassi di parole che si sovrappongono incasinando qualsiasi discorso. Possiamo sentirci profondamente soli e annegare. Profondamente amici e immortali. Gocce d'acqua che scivolano sul vetro della mia finestra. Ditemi quando dire *ti amo* senza sbagliare. Ti amo, Liam. Ancora. Camminiamo bene. Ci sappiamo fare. Anche nella nebbia. Un tizio asiatico blocca Bryan per storie di acquisti illegali. Hai toppato, perdi tempo, io vendo solo fuoco. Non demorde e dice "ti conosco, so tutto di te e del Bubble che hai in tasca". Bryan si toglie i pantaloni e glieli regala. A fanculo adesso. L'asiatico scompare. Inutile dire che non ci sono stelle e che c'è odore di polvere bagnata. La casa di Labelle non è lontana. Potremmo fermarci per un tè al limone. Alle 28 può essere geniale bere il tè delle 17. È sveglia e la sua lampadina non è fulminata. Unica luce del monolocale. Candele a parte. Non è sola. Almeno 5 maschi e 2 femmine in sua compagnia. Anche a loro l'idea del tè poco inglese piace. Come noi odiano i giochi di società. Distruttivi. Karen e Harry non usano preservativi, Johnson e Coleman sempre, Reggie e Stewart a volte, Gladys quando si ricorda. Parliamo per almeno due ore di preservativi, poi ci laviamo i capelli e annusiamo a rotazione del gas dai bic. Mi sento piena di nausea. Microscopico brillare in un secchio di merda.

TRANSGLOBAL DESTROY

31 DICEMBRE SILENZIO-TRANSGLOBAL E ALTRO ANCORA LADY MASSIVE ATTACK ARCHIVIARE SOGNI DOPO SOGNI RICORDI CHE TORMENTANO INGABBIA LA TUA LIBERTÀ BABY GRACE TUTTO SEMBRA FERMARSI BOOM NESSUN MONDO TI APPARTIENE VERAMENTE MAGISTRALE DESTROY IL BUIO PUÒ ESSERE TUO QUANDO VUOI ANCHE ORA CHIUDI GLI OCCHI E RESPIRA VENTO APPOGGIA LA TESTA AL DECORO FERREO DELLA RINGHIERA ASCOLTA IL VIAGGIO DEI TOWER NEL VUOTO-TRANSGLOBAL BACIAMI NON MANGIARE NOIA ALTRUI CAZZO PENSAVI LO SO COSA PENSAVI SAREBBE BELLISSIMO VERO BELLISSIMO LADY MASSIVE NON SO DOVE CAZZO NONSODOVECAZZOSONO UN BEL SUICIDE ROVINA LA TORTA LADY E RABBIA E IMPOSSIBILITÀ DIVENTANO GIORNO DOPO GIORNO PIÙ GUERRIERI CAZZO BABY GRACE CERCA DI CAPIRE CERCA DI FAR FUNZIONARE IL TUO STRAMALEDETTO CERVELLO DEVI CENTRIFUGARE QUEL CAZZOCAZZO DI CERVELLO CHE È USCITO CON TE QUELLA VOLTA DALLA PELLE DI TUA MADRE-TRANSGLOBAL CIELO SPESSO E GELATINOSO SOSPESA NEL DILUITO DELLE TUE VENE-GALAXY UBRIACHE DI CHIMICA PASSEGGI MAESTRA E NON SENTI IL BISOGNO DI ALTRE VOCI OLTRE ALLA TUA VERO LADY MASSIVE ATTACK È QUESTO VERO È QUESTO VERO COSA DA STUPRO PERFETTA SIMBIOSI CON L'ESTERNO INCOLLA IL TUO CORPO AL GELIDO DELL'INVERNO LASCIA CHE IL BASTARDO CHE TI HA ATTRAVERSATO DIVENTI UNA PICCOLA FIAMMELLA CHE PUOI UCCIDERE QUANDO VUOI E TU LO SAI QUALE SENSATO DEVE ASSORBIRE IL TUO CULO CAPISCI BABY ACIDA CHE È SOLO UN PROBLEMA DI FAME DI FAVOLE-BLADE RUNNER PERCHÉ LENTI VIOLA VELANO SPETTRI SENZA FORMA E TU DEVI SOLO ABBANDONARTI SLAVE ALLA POTENZA GALAXY FLASH IN RIGHE UN'INFINITÀ DI FIORI COME NELLA MIGLIORE PRIMAVERA SOGNATA ALLA FINE C'È SEMPRE QUALCUNO CHE MUORE IN UN FILM FRANCESE SENZA COLORE E NON PUOI ASPETTARE BABY GRACE NONPUOIASPETTARE CHE LA STRONZA ALICE ARRIVI PUTTANA PER PORTARTI NEL FOTTUTO PAESE DELLE MERAVIGLIE. 31 DICEMBRE ORE 23 MISTY ABBASSA LE PALPEBRE NEL BUIO TRANSGLOBAL.

24.00: L'Orange Road Special scivola dolce in gola. Molto dolce in gola. L'acqua bagna la mia adorabile T-shirt. Bagna il mio collo. La mia bocca.

24.30: Lei vuole che apra. Ripete isterica e isterica e isterica cazzoapriquestaportadimerda. Molto isterica e stronza. Questione di minuti. Lascia che lavori calmo sul tuo corpo steso. Cose da divino Orange Road Special. Difficile spiegare. Potrei parlare con la mia T-shirt. Potrei innamorarmi delle sue urla. Potrei aprire come richiesto e lasciare che si accomodi dentro. In silenzio. Lei non è mia madre. È una nigger Bubble-Gum-Crisis-dipendente. Non so se mi spiego.

25.00: Forse fuori il cielo è come piace a me. Nero e brillante. Guardo le mie scarpe fluorescenti nel buio. Buffalo plastiche made in Spain. Le mie percezioni si alterano quel tanto da colorarti tutto. Penso ti piacerebbe saperti nei miei pensieri di questa notte calda.

25.30: 4 minuti e 6 secondi di P. J. Harvey. Può essere sensuale in assenza di luce la sua voce. Questo è il sonoro che voglio. Un sonoro eccitato. Eccitato e cattivo. Eccitato, cattivo e stanco.

25.50: Ancora un attimo. Aspettate ancora. Questione di secondi. Di microsecondi verdi. Sto entrando. Sono dentro. Completamente dentro il miglior incubo della storia. Passo e chiudo.

26.00: Quando apro gli occhi è passato del tempo. Forse fuori è tutto ancora più nero e brillante. Dovrei uscire e guardare. Visioni da caleidoscopio mi aspettano. Forse.

26.30: La nigger Bubble-Gum-Crisis-dipendente saltella sul ballatoio senza audio. Mi manchi.

27.00: Accarezzo le pareti. Mi muovo dolce. Molto dolce. Così dolce da perderci la testa. Potrei chiederti qualsiasi cosa in questo momento. Pagami e guarda.

28.00: Indosso latex rosa lucido sotto la doccia. Cerco aderenze da passeggio. Voglio piacere a Zarathustra.

28.30: La porta che si apre. Io che calpesto strada stronza con Buffalo made in Spain. Così in vendita non lo sono mai stata. Puoi comprarmi se vuoi in questa notte così nera e brillante. Accendo la seconda Gauloise con fare annoiato. C'è musica e gente allegra rompi-cazzo. Troppa gente allegra rompi-cazzo. Dovetenevaituttasola? A fanculo.

29.00: Abbiamo parlato al telefono ore fa. Tu stavi bevendo del Five Star Stories da una bottiglia di acqua borica e ascoltavi toccandoti 4 minuti e 10 secondi di *Submission* e 3 minuti e 14 secondi di *Pretty Vacant* e 2 minuti e 48 secondi di *No Feelings*. Un amico nipponico ti leccava i piedi. Ti leccava le mani. Ti leccava le gambe. Ti leccava. Mi hai chiesto di dirti ti amo. Tutto talmente perfetto e romantico. La tua voce. Latuavoce. La tua voce sa essere ipnotica come benzodiazepina da 2 milligrammi. Sono così fragile e persa...

30.00: Cammino nel buio esattamente a caso. Mi sbatto quel tanto che serve a bloccare il traffico. Accendo la terza Gauloise con fare annoiato. Come nel migliore battage d'autogrill, il migliore della storia, entro nella prima auto che si ferma. Esattamente a caso. Dentro c'è odore di Arbre Magique alla vaniglia. Fuori c'è già luce. Cosa da sogno.

30.15: Loro vogliono che guardi il loro cane baciare la Barbie fotomodella. La lingua del loro cane nella bocca della Barbie nuda. Le mani tra le gambe. Tra le gambe. Tralegambe. I sedili posteriori sono sporchi di sangue e saliva. 15 minuti di noia stronza. Sono completamente fatti di noia stronza. Non so se mi spiego. La mancanza di emozioni sa diventare perversione facile.

30.30: Se tu fossi qui. Corre tutto veloce. I finestrini si illuminano come schermi Sony. Autostrada sotto il sole tutta per me. A occhi chiusi.

30.30: Ripeto: a occhi chiusi.

31.00: State aspirando sintetico Violence Jack Vol. 1 mentre il vostro cane sodomizza la Barbie fotomodella. Vi toccate quando lei urla slave. Succhiate vibratori d'acciaio. Le sue urla vi eccitano. Vi bagnano. Le vostre lingue sul mio latex. Saliva e sangue sporcano vetri e plastica e labbra. Proiezioni acide da porno vietnamita fottono i sedili posteriori. Vorrei guardare le vostre teste esplodere. Vorrei esplodeste tutti. Come fuochi d'artificio in una notte nera e brillante.

Stampa Grafica Sipiel
Milano, giugno 2006